sono ayako
曽野綾子

ただ一人の個性を創るために

PHP

あれから十六年経って、教育改革国民会議が二〇〇〇年に開かれ、私は再度その会議の席に座るようになった。

再び私は過去の日々と同じような感動でメモを取り続けることになった。この会議に関する限り、眠くなる時間は全くなかった。人間の制度について審議する時、正直なところ、私はしばしば退屈する。しかし人間そのものが語られる時には、いつもおもしろくてたまらなかった。

戦後の教育が、この優秀な日本人を、どれほど自由の名の下に甘やかし教育を怠ってめちゃくちゃにしたかを言う人もいる。確かに大東亜戦争の罪の結果として記憶されるほどの、大きな教育の荒廃を招いた教師たちがいたのは事実である。しかしそのような悪い環境の中でも、周囲の病的な空気を自浄作用で切り抜けてきた健《すこ》やかな子供たち、若者たちも確かにいたのである。

アメリカが突出した軍事力を持って世界に君臨するようになってから、生きることの意味がまたさらにむずかしくなった。後で、さらに詳しく述べることになるだろうと思うが、進歩的な人々が目の敵《かたき》にする「愛国心」は、私に言わせればそんな深刻な思想ではなく、生きるための鍋釜並みの必需品に過ぎない。日本人は自分の責任で自分を厳しく教育し、訓練し、普遍的な不幸や貧困を知り、その中で自他を生かす技術を学び、それを可能にする体力をつけなければならないのである。そうでなければ、生存がむずかしいほどの情況に現在は立たされている。国家なしに、あるいは国家が破滅しかかっていながら、国民が幸福に生きる方法は、今のところないからだ。

これも、いつも述べていることだが、教育の最終責任者は自分である。その次が親である。教師は三番目である。

自分と親たちは、その義務を果たしてきたか。この問題は声を荒げて、誰かを詰問すれば済むことではない。静かに、継続的に、客観的に自問し、自分の美学と哲学で自分を教育し直すほかはないのである。

この本が、その思索のための小さな手がかりとしてお役に立てたら、それで私の任務は果たせたように思う。

二〇〇四年一月

曽野綾子

ただ一人の個性を創るために　目次

装　幀――川上成夫
装幀写真――© Philip Laurell/amana images

ただ一人の個性を創るために

第一話　奴隷として生まれた自由人

人間は何のために、自分や、子供や、社会で触れる若い人々を教育するのか。

そんなことを普段はあまり考えたこともない人がいるとしても、それはごく普通のことであろう。先日どこかの新聞の投書で、学校の先生だという人は、学校の最低の義務は、学力を上げることだ、と書いていた。そしてまた、たまたま出先で読んだ八月十九日（二〇〇〇年）付けの毎日新聞の投書には、五十二歳の主婦、という人が、次のように書いていた。

「学生の本分は学習・努力することです。社会に出るために、正しい判断力をつけるには、まず知識を蓄えることです。学業をおろそかにするような教育事業は間違っています。

文部省は『学校は知識を学ぶ場所』という認識を持ってほしいものです」

実にこれほど、現代的な見地から見て、学校に対する認識の歪《ゆが》みを端的に表した文章もない。しかしこういう考えの人は決して少なくはないはずである。

「学校は知識を学ぶ場所」というだけなのだろうか。私はそんなことを考えたこともない。それなら、塾でたくさんだ。塾のほうが、生徒個人一人一人の遅れを確実に知って、各教科の弱点を重点的に補足してくれる。

「社会に出るために、正しい判断力をつけるためには、まず知識を蓄えることです」とこの主婦は書くが、知識は、少なくとも小中高、それに大学の学部くらいのものは、今ではデータ・ベースが内蔵する量にかなわなくなった。ほんとうに大切なものは、そうした知識を、いかに自分独自の方法や目的に沿って個性的に使い、次の創造的な思想に統合するかにある。「単なる知識など何ほどのことがある」という時代になったのだ。

しかしもちろんこの主婦の言うように知識は大切だ。それは広義の意味で学校だけに期待するものでもない。自分を教育する最大の責任者は、（小学校の低学年の場合は別として）自分自身であり、その自分自身がいる場所すべてが知識を与えてくれる機能を有するのである。

もう大分前のことになるが、私は駐日フランス大使の夫人と食事の時に話すことがあった。私はフランス語も片言だし、フランスについての知識も恥ずかしいほどお粗末である。

ところがどういう経緯だったか、話が自然、フランスのアフリカにおける「植民地政策」といわれている時代のことになった。ほんとうに偶然のことなのだが、私はその時、たまたま小説とエッセイで十九世紀末から二十世紀初頭のアフリカにおける一部のフランス人たちの話を書いていた。だから私は、その前後の時代のことになったら何も知らないにもかかわらず、その特定の時代と場所で起きたことだけは、いささか瑣末《さまつ》な出来事まで知っていたのである。

大使夫人は少し驚いたようだった。そして「どうして、あなたはそんなに詳しいのか」と私に尋ねた。それで私は正直に事情を説明して、他の時代と場所のことは全く無知に等しいのです、と答えた。

自慢話をするためにこんな話題を引き出したのではない。先に述べた主婦の投書に答えるためである。その時の私の知識は、いかなる学校でも教えないものである。大学の学部はもちろん大学院でも教えない。どのような教科書にも、そのようなことは書かれていない。

しかし私は必要だったから、自分で専門の本を探し、個別の本にあった知識を「幕の内弁当」のおかずみたいに集めて並べながら、同時にフランス語がもう少しすらすら読めたら便利だったのにと自分で自分に腹を立てながら、自分の興味の領域を少しずつ蓄えていった結果なのである。もちろんそれでも私の知っている分野など、たかが知れている。

しかしその程度にしても、知識というものが、学校に「お任せして」つくものと思うのはあまりにも甘い。教室では身動きもせず（もちろん私語なども一言もせず）、先生の話を一言も聞き洩らすまいとする例外的な「優等生」以外（そういう子がいるかいないかは別として）、家に帰ってから、テレビやテレビゲームやEメールやマンガ本や携帯電話のお喋りに時間を使っている子供に、この主婦が期待する基礎的な学力や知識がつくのは無理というものであろう。

知識を蓄えるなら、どんなに子供から不評であろうと、右に列記したような子供のしたいことを、一部強制的にやめさせるか、自制させ、せめて昼間学校で習った個所をきちんと自分で復習するか、塾へ通わせるかをするほかはない。

昔、私たちの時代には、二宮金次郎と乃木将軍の話が、一種の「強迫観念的」な物語として植えつけられたものである。

二宮金次郎は、神奈川県の生まれ。篤農家《とくのうか》で、優れた経済学者で、有能な行政官であった。そんなことは子供にはわからない。ただ私たちが習ったのは、あちこちに建てられていた二宮金次郎の像とその少年時代の物語である。金次郎の像は必ず薪《まき》を背中に背負っていた。燃《も》やし木を運びながら本を読んだのだ、という教訓的逸話である。

乃木将軍は幼い時、足で踏むシステムになっている米搗《つ》き機を踏みながら読書をした、とこれもオソロシイ話であった。私は当時から根性がねじ曲がっていたから、こういう美談にはすぐ心の中でケチをつけていた。

本を読みながら歩いたら、すぐ何かに躓《つまず》いて危険だろう。今と違って自動車は走っていない時代だが、その代わり、道は大通り以外、舗装道路ではない。それに、二人ともそんなことをしたら、乱視になったはずだ、と私はひねくれて考えることだけはうまかったのである。

だから私はこの二人のように刻苦勉励《こつくべんれい》しようなどとは思ったこともなかったし、学校の授業を受ければ知識がつくとも信じていなかった。

もちろんすべての行為の結果には、そのためにかけた時間が大きく作用している。語学など週に二、三時間やっても身につくものではないが、毎日必要に迫られて外国語を使う人は必然的にうまくなる。

学校の授業は、語学学校の会話のクラスになおせば、初級とか中級とか、授業料の安いグループのクラスに当たる、といえそうだった。会話を急激に上達させようとしたら、個人教授に限る。そのような意味で、自分に最も急速に有効に目的を持って、つまり漫然とではなく、多量の知識を与えるのは、幼い時には読書、中高生でも第一にはやはり読書、その他にコンピュータでも他の方途でも、とにかく自分で探し出したやり方で、知識に溺れるほど身を浸《ひた》すほかはない。

学校の時間だけで知識を得られることはないのだ。家でも勉強することだ。両親も家庭で勉強していることだ。勤めているお父さんやお母さんが忙しいのはわかり切っている。しかしほんの数分でも積極的に勉強しようとしているかそうでないか、一番正確に見抜くのは子供である。学校で子供に知識を与えることを望む人は、家庭でもそれに強力に協力しているのだろうか。

知識は、教室でつくのでもなければ、テレビやコンピュータを通してつくのでもない。私の場合は、教室よりも読書でついたが、今では家庭でも読書を勧める空気など極めて稀薄らしい。テレビは読書の代替にはならない。自分自身のテンポで、読みたい時間帯に読みたいテンポで、読みながら、意識を立ち止まらせたり進めたりすることが、テレビではできないからである。今どきそんなことを言ったら笑われる、と私に忠告した人がいたが、そういう読書方法の貴重さは、世界から決して失われたわけではないのである。

しかし次のことは認識していなければならない。私にしたところで、もし常に隔絶された空間で（たとえばものごころついてから、ほとんど書斎から出たこともなく）いつも読書をしていたら、書物の内容を理解する社会性や人間性を開発できないだろう。そうすると、読書の効果も上がらないことになる。

学校が知識をつける場である、などと考えていたら、教育は必ず失敗するが、それなら、学校とは、いかなる場所なのか。

学校は知識を得ると共に、人生を知り、苦難に耐えて生き抜く心身を鍛え、その技術も覚え、多様な人々と共生する社会というものの雛形《ひながた》を体験するところなのである。

知識はもちろんあったほうがいい。それもできるだけたくさんあったほうがいい。しかし日本人の考えるような知識がなくても、みごとに生きている人々を私はたくさん見てきたし、彼らの一部は無知の故に苦しんでもいたが、一部は知的日本人よりもっと幸福そうに、人生に確信を持って暮らしていた。幸福は主観だから、椰子《やし》の葉葺《ふ》きのトイレも風呂場も台所もない小屋に住んでいるからといって、決して不幸ではないのである。附言すれば、トイレは野っ原、風呂には入らず、台所は戸外、ということで、この三つは屋内にない。

知識というものは、学校の教室などという狭い空間にだけあるものではない。予想もできない複雑な人生の偶然の中で、運命のようにその人に襲いかかる。それを受ける子供に必要なのは、その変化に耐え、その刺激を自分の血肉として受け入れられる健全な肉体と耐える精神力を持っていることだ。そういうものなしには、いかなる知識もその人を育てることにはならない。先に言った通り、知識だけなら、データ・ベースのほうが確実に人間より上なのだ。

そのような成長期に、特に勉強が好きでもなく、怠けるのもかなり好きだった私にとっては、好きでもない教科を学ぶことは苦痛だった。しかし私は、好きなことにはのめりこんだ。私の場合、小説家になろうと思ったのが小学校六年生の時だから、それ以来、私は学校の勉強など最低限に留《とど》めてお茶を濁し、暇さえあればいつも何か書いていたのである。

子供の時に、母は私に毎日曜日に作文を一つ書くことを「強制」した。子供が自発的にしなければ、教育はだめだ、というのも一面でほんとうだが、初めは強制がこうして効くこともある。私は日曜日毎《ごと》の作文「ノルマ」が嫌で嫌でたまらなかった。が、とにかく母が恐ろしいので続けているうちに、次第に書くことが楽《らく》に楽《たの》しくなってきた。「楽」と「楽しい」という単語が、音は違うのに同じ字だということは、考えさせられることだ。人は多分タノシクなければやらず、同時にラクでなければタノシクないのだろう。初めは強制だったが、読書が書くことの中心に位置する哲学（のようなもの）を見つけてくれたし、表現というすばらしい世界の技術も教えてくれた。

もっともこうした問題に関しては、私は古代ローマの思想家として知られるエピクテトスの言葉が一番心にぴったりくる。

「行動のうち、あるものはすぐれているからなされ、あるものは事情に応じ、またあるものは秩序の関係上、あるものはいんぎんから、またあるものは世の習いでなされる」

つまり、どうしてある大人または子供がそのことをするかなどということには、あんまり単純な答えを出しなさんな、ということである。このエピクテトスという人は、紀元五〇年と六〇年の間くらいに生まれた人なのだが、まるで自分で用意した墓《ぼ》碑銘《ひめい》にふさわしいようなたった二行の詩を残して行った。

「奴隷エピクテトスとしてわれは生まれ、身は跛《ちんば》、

貧しさはイロスのごとくなるも、神々の友なりき」

イロスというのはホメロスの『オデュッセイア』の中に出てくる図々《ずうずう》しい乞食のことだという。こういうことを語る時に、差別語がどうのこうの、という批判は願いさげにしたい。私がこの詩を書いたのでもなく、翻訳さえもしたのではない。これを書いたのはエピクテトス自身であり、自らを差別しているように見えながら、全く差別

など信じていない闊達《かったつ》な精神を示すことこそこの詩の目的であり真髄なのだから、ここでは差別語を使わないと彼の心は伝えられないのだ。

教育が模倣と強制に始まり、独創性と自発性に発展する例だが、こういう体験、こういう成り行きは、決して私一人が体験した特殊例でもないであろう。

第二話　懐の中の星

母が嫌がる子供の私に、毎日毎日、強制的に作文を書かせた理由については、私はすでに何度かエッセイで書いているのだが、たいていの読者はそんなものを読んでもいらっしゃらないだろうし、仮に読んで下さっていても忘れていらっしゃるだろうから、ここで簡単に繰り返すことをお許しいただくことにする。

母は満六歳くらいの私を、将来小説家にしようと思って、作文教育を始めたのではない。私が何についても、自由に文章で自分の気持ちを表現できるようにしておいてやれば、娘の私は一生ずいぶん便利だろう、と思ったというのだ。実に実利的な配慮である。

今の人が聞いたら笑いだすだろう。「手紙なんてそんなもの書かなくったって、ケータイかけりゃいいじゃないのさあ。私なんかもっぱらEメールだよ」である。時代が違うのだ。当時は電話のある家も少なかった。一九五四年に私が初めて「小説の注文」をそれも二つの文芸雑誌から同時にもらった時、その二通とも郵便だったのを今でもよく覚えている。当時文士などという職業は総じて貧乏だったから、たいていの家には電話がなくて当たり前だった。だから文芸雑誌の編集者は、手紙で原稿を依頼するのが常識だったのだ。当然、その頃人に自分の気持ちを告げる方法は手紙以外にはないに等しかったのである。

母が私を、自由に手紙で自分の意思を表せるような女性にしなければと思ったのは、二つの理由からだった、と聞いている。

一つは、恋文がうまく書けるように、という気持ちであった。大きなお世話と言いたいところだが、考えてみれば涙が出るほどの親心である。

もう一つの理由は、将来私が食い詰めた時の用心であった。今に私が結婚し、その夫が失業して食うに困る時もあるかもしれない。すると私は万策尽きて一家心中など考えるだろう。何しろ生活保護などという制度は全くなかった戦前なのだから、食べられなくなったら、上野駅前や数寄屋橋《すきやばし》の橋の上で乞食をするよりほかない。

しかし実際に自殺を決行する前に、母は私に二つのことをしてみるようにと真顔で言った。まず事情を縷々《るる》説明し、人に憐《あわ》れみを乞《こ》い、何とかして金を恵んでもらうことである。それには、いかに自分たちが一生懸命やってきたのに運命に見放されたかを、他人の心を打つように説明できなければならない。

もう一つの一家心中決行前の解決策はかなりユニークなものだったが、ことのついでに述べる。どうしても食べられなかったら、母は私に「死ぬ代わりに盗みなさい」と言ったのだ。ただし盗みは、盗まれる人に非常に迷惑をかけるものである。「だから店頭ですぐ見つかるように盗みなさい」と母は言った。すると私はその場で取り押さえられ、盗もうとした品物は店の主人に返されて実害は出ない。私は警察にしょっぴかれ、事情がわかれば、取り調べ中でも、食事は与えられる。こういうシナリオなのである。

私の場合、母の強制が、後の私の人生を創ることになった。有無を言わさぬ作文教育がきっかけで、私はやがて書くことが好きになり、ほとんどこの道以外に自分らしく生きて行く方法はないだろう、と思うまでになった。小学校六年生の時、すでにそうだったのである。

もちろんすべての子供に強制すればいいというものではない。しかし私のような受け身の性格には強制が効いたのだ。もちろん他の偶然もある。私自身の性格や、戦争や、他の要素がそれに加わった。それにまた、私が小説家になったこと自体がよかったことか、悪かったことかわからない、と言えばそれまでなのだが、少なくとも私はいやいややり始めて、やがてそのことが大好きになった。

そう思って子供の頃のことを考えてみると、私の場合、私を学習させたきっかけは、驚くべきことに、すべて強制的な力を持っていたものであった。父母の不仲、父の家庭内暴力、戦争。それらはすべて私が納得して選んだりしたものであるわけがない。しかしそれらは、のちのちまで私を大きく育てた。こういう例が、少なくとも、ここに一例はあるのだ。

最近、子供にはいかなる教育も強制的であってはならない、教育は自発的でなければ効果がない、という言葉が一つの流行語になりかかっているが、どうしてそんな現実に即さないことが言えるのか、私にはわからない。

教育の第一歩は、私でなくても、ほとんどのものが強制で始まる。義務教育の開始がまず強制だ。自分から一年生として学校に通いたい、などという子はまず一人もいないだろう。普通の能力の子には、まず学校というところの状態もその意味も全くわからないのである。ただその時が来ると、何となく親たちに行かされるものだから、仕方なく行くことにするのである。

親たちはまたいろいろな言葉で子供を「つる」。「○○ちゃんもいいねえ、今度は一年生だもんねえ。一年生なら、もう赤ちゃんじゃないものね」という具合だ。すると多くの子供はつられて「うん」と頷《うなず》き、一年生になることが、赤ん坊との決別であるかのような晴れがましさを感じるのだが、自分から一年生として小学校に行きたいという子はまずいないのが普通だろう。

家元と名がつくような家柄では、六歳の六月六日に、必ず最初の稽古をつけるという。一つの儀式である。もちろん数え年の六歳ではまず、その家の流派を継ぐなどということが何であるかほんとうに理解するわけはない。しかし理解しないままに親や周囲から言われて始める。

家元の家ほど、晴れがましい儀式もないが、多くの教育が強制で始まり、そのうちに自然な当人の選択に移行する。いつまでも強制ではないのだ。初め学校へ行くと泣いてばかりいたような一年生でも（これは私のことだが）、やがて学校でけっこうおもしろいと思うことを見つけてそれに自発的に参加するようになる。

子供の時は百パーセント強制（やってみさせること）が、学習のスタートとなるが、もう少し年長の若者たちにとっては、それがいろいろな形を取って表れる。ガールフレンドをほしいからでかけて行ったコーラスが楽しくなったり、自分の劣等感を何とかしてごまかす方法として武道を習いに行ったりする。そのまま、武道が好きになる子もいるが、やはり中には、「どうも武道は自分に合わない」とお手あげをする子もいる。しかしそれだから、武道を習おうとしたことが全く無駄だったのではない。自分にはこんな方法では解決にならない、と思った時、その子は敢然と苛《いじ》められ続ける境地に甘んじるようになったりする。しかしそれは、以前と同じ心理で苛められ続けていることではない。すでにその子は別な方途で対処の道を発見したのだ。自分にはどうしてもできないこと、どうしても嫌いなことがある、ということを発見するのは、偉大な幸運なのである。

人はあらゆる場所と状況から学ぶ。積極的に選んで学ぶこともしばしばあるが、いやいややったり、逃げ出したりしたいほど辛い状況の中からも学ぶ。その度に自分の道はこれしかない、という選択が見えてくる。

私たちが幼い時に読んでそれぞれに感動した『小公子』と『小公女』の物語は、共に苦難を乗り越える子供たちの話だ。苦難がなければ、これらは文学としてもお話としても成立しない。

人は教会からも女郎屋からも学ぶ。激しいスポーツからも怠惰な昼寝の時間からも何かを感じ取る。学校が知識のみを教える場所であり続けたら、むしろ異常なのだ。前に言及した古代ローマの思想家、エピクテトスは皮肉にこうも言っているのだ。

「おお、教養あるおかたがたの、なんと不正の多いことか。すると、これらのことをきみは、ここ（＝学校）で学んだわけなのか」

学校であれ、家庭であれ、教育が行なわれる場所がもし健全に機能しているとすれば、それは、その場所が、人生の明暗を教えているからだ。当然明も教えるが、図らずも暗も教えるから意味があるのだ。

人間は明かりだけだったら、明るいということの意味もわからない。光は、闇や影を伴って私たちに認識される。

しかし今では学校は学力や知識を与えるところだと、決めつけている人が何と多いことか。もちろんそう思うことも自由だ。しかし学力だけなら、塾のほうがオーダーメイドの効率よい教え方をしてくれる。知識だけならインターネットで検索すれば、膨大な量の知識が整然と示される。昔はこのような知識の集積を一人で溜め込まねばならなかったから、その努力も大変だった。今では、一瞬で一応の知識は集められる。ただ昔の知識は、その人一人が所有する特殊なものである例が多かった。しかし今の知識は誰もが同じものを所有できる程度に普遍化したものだ。だからそれだけでは売り物にならないのである。その点、コンピュータを離れた実学は、その人だけの固有の財産になる。

私は今「ディスカバリー（発見）」というテレビのチャンネルに淫《いん》している。本でだったらわざわざ木星とはいかなる星か、などという知識を得ようと思わないが、「ディスカバリー・チャンネル」の番組でやっていると、つい最後まで見て、木星についての知識を得たような気分になってしまう。

しかし人間は、知識だけでは決して人間にならない。学校は学力や知識を身につけると同時に、徳育をするところなのだ。そこが塾と明らかに違う点だろう。もし知識の習得か、徳育か、どちらか一つだけを選べということになったら、あるいはどちらを先んずるべきかということになったら、最優先すべきは徳のある人になることだろう。なぜなら、徳があるということは、人間だけが持ち得る特性なのだから、それを欠くと人間は人間にならずに動物になってしまう。学校は動物園でもなく、サーカスでもないはずなのだが……今は動物園になりかかっているという現場の声も多い。

しかし徳とは一体どういうものなのか、なぜそれが知識に勝《まさ》って必要なのか、ということなど、最近の人々はほとんど考えなくなってしまった。それどころか、徳などという不自由で面倒くさいものにうっかりかかずらっていたら、「勉強が遅れるじゃないの」という功利的な文句が家庭から出ることは必定《ひつじょう》なのだ。

私の答えは、日本の多くの知識人のように観念的ではない。私はいつも答えを実人生の中に見出してきた。その程度にしか、私の頭は働かないのだ。

私は今までたくさんの途上国を見てきた。今夜の食べ物さえあれば、幸福でいっぱいという程度の生活者たちである。家は一間《ひとま》だけ。トイレも風呂場もない。電気がないから夜は星空に覆われ、苫《とま》のようなものしか張ってない小屋の壁からは、風が吹きたいだけ吹き込んで、寒さが忍び寄る時もある。

そんな時、子供たちと父母と痩《や》せた犬は玉ころのように抱き合って寝る。一家のうち、誰も字が読めないことはよくあるのだが、今夜食べ物があってさしあたり空腹ではない、ということだけで、その一家は満ち足りているのだ。

日本には、この貧しい一家が持っていない、すべてのものを持っている家族がいくらでもある。しかし彼らは幸福ではない。徳というのは、満足を生み出す能力だ。それは教育のあるなしにかかわらず天からこっそりある個人の懐に降ってきた星のように感じられる。

第三話　ガンジスを眺める人たち

日本人の全部がそうだとは決して言わないが、最近の人たちは何と強欲なのだろう、そして強欲は仕方がないとしても、それを恥ずかしいと思う気持ちが全くないのはどうしてなのだろう、と私は思う。

私は、人間の強欲と利己主義を、かなりはっきりと容認している。それが人間の本性だからだ。ものをもらえば百人のうち九十五人くらいが嬉しがることになっているから、贈り物をするという制度が生まれ、贈賄《ぞうわい》とか、汚職とかいう行為にまで発展する。それで当たり前なのだ。

しかしそれは動物的な反応である。サーカスの熊は、芸をする度に角砂糖をもらう（実は角砂糖かどうか私は知らないのだが、昔誰かがそう言って子供の私に教えてくれてから、ご褒美は角砂糖なのだと信じ込んでしまった。水族館のアシカなどが鯵《あじ》や鯖《さば》などのお魚をご褒美にもらうのは、この眼で見ている)。彼らは「飴《あめ》と笞《むち》」なしに、雇い主が困るだろうから、餌《えさ》をもらわなくても、火の燃える輪をくぐろう、とか、並んで水からジャンプしよう、と考えることはないように見える。何年やっても、目的はご褒美の餌をもらうことか笞を避けるためとしか思えない。餌をもらうための、それが熊やアシカの「職業」と考えることもできなくはないが。

しかし中には、賢い犬や馬のように、餌だけではなく、もっと他の理由のために、行動する動物もある。競馬の馬は、早く走ることに彼らの本能があるし、火事の時に火の中に置き去りにされた人間の嬰児《えいじ》をくわえて「持ち出した」犬があるとすれば、それは決して餌のためではない。

そういう動物を見ると、私たちは、「まあ、なんて賢いんでしょう」と言う。その言葉の中には、その犬は、犬のようにではなく、人間のように行動した、という認識がある。何が動物でなくて人間かというと、人間はご褒美の餌がなくても行動する、ということだ。それでごくまれに、報酬を離れて行動する動物を見ると、「人間みたい」と思うのである。

動物と人間とはどこが違うか、というと、動物は自分が得になることしかしない。自分の欲望に従って生きる。犬橇《いぬぞり》に繋《つな》がれる犬は夢中で橇を引くが、実は引きたくはないので、人間が笞を振るってむりやり引かせているだけのことである。

しかし人間には、自分が、得になることしかしないような人間だとは思われたくない、という気持ちがどこかにあるはずである。いや、あるはずであった、と過去形で言ったほうがいいかもしれない。今はそうでない知識人や若者や政治家がたくさんいるからだ。

人間になるためには、利害を離れて、人のために働くことのできる存在にならなければならない。損になることのできる人にならなければならない。それが人間の資格だからだ。そしてそれは、不思議な見返りを伴っている。人の役に立つということは、金銭的、時間的、労力的な面でだけ計算すれば、損をすることになるかもしれないが、精神的には、それを補って余りある充足感が残るのが普通である。

しかし日教組的学校教育は、長年に亘《わた》ってそれとは全く反対の方向を教えた。というより、反対の方向へ子供たちが向くのを放置した。人のために働く、などということは、資本主義に奉仕するだけであり、個人の生活を侵すものであり、そのように教育されることは自由の侵害であり、再び戦争に繋がるものであり、植民地時代の思想の根底にあったものであり、それはひいては帝国主義の復活であり、お国のために死ねと言った軍国主義が再び復活する萌芽《ほうが》であり、と並べ立てたのである。だから、人のために何かをすることは、人道に反し、人間の選択の自由を奪うものであり、いつか再び国家が我々を戦争に駆り出す下地であり、徴兵に繋がるもので、他民族に植民地主義を強いる考え方と関係があるもので、ひいては武装を肯定する思想の源だ、というふうに、止《とど》まるところを知らないほどエスカレートして、結局は利己主義的な、決して人のために働かない子供と大人を作ることになったのである。

　子供は、幼いうちから、できるだけ早く、人のお役に立てる子であるように訓練し、それを褒めてやらなければならない。しかし現実は反対だ。国民は無限に国家に要求し、それが当然の人権であり、時には人のために働けなどと強制される不自由は、個人の自由の侵害、となるのである。

　だから世間には人のためには何もしない人間が溢れている。車椅子の人が困っていても手を貸そうともしない青年、親を放置して核家族だけの生活をエンジョイする一家、年寄りに席も譲らない健康な男女、そんな人たちが国中に溢れた。溢れるだけならいい。しかしそういう人間しかいない日本というものは、すぐ外国人の眼に触れることになる。ろくでもない国家と国民だということは、すぐに外国人の眼と心にやきつけられる。

私たちは受けるだけが国民の権利で、国家が国民の求めを叶えるのが当然であると思っているが、一方国民も当然国家に何かをすべきだという考えは全く排除されたのである。

こういう人をみると、昔クレジット・カードという制度がスタートした頃のことを思いだす。クレジット・カードという魔法の板を持つようになれば、いくらでも無制限に買い物ができる、と思った「田舎のおばあさん」が現実にいたのである。自分は何も国家のため、人のために働かなくても、国家が一方的にこちらの要求を叶えてくれることが成り立つと思うのは、この「田舎のおばあさん」のクレジット・カードと全く同じ考えである。私たちが得る金、労力、組織、流通機構は、誰が作り、資金や労力はどこから出てくるのかは全く考えないのである。

国家という人はいないのだ。

「国家」とは、私たちお互いのことなのである。だから自分がほしいと思い、それを得たなら、金でも、労力でも、組織でも、流通機構を保つことでも、私たちが分に応じて出すか、そのために働かねばならない。そんな単純なことが、長い間日教組的な「要求することが、市民の権利である」という教育を信じこんだ人たちにはわからなくなってしまったのである。市民の権利なるものは、「受けると同時に、誰かに『serve』することだ」という当然のことを、誰も教えなかったのである。

このserveという言葉を、私はあえて翻訳しない。先日、私のところへ訪ねてきた外国人が、全く人間的な平和的仕事に大勢の人を巻き込むことをmobilizeする、という言葉で表現した。それからすぐに「日本人はこの言葉が大変嫌いなので、私は使わないようにしていますが、あなたなら正当に解釈してくださると思うので」と言い添えた。この人はかなりの日本通である。この二つの言葉を聞くと、日本人はすぐいきり立つ。しかし多くの外国では、それは国家を形成するために必要なこと——弱者に優しくし、高齢者を労《いたわ》り、公共の場所を平和できれいなものに保ち、国家・社会としてのさまざまな機能（中には海岸線や森林をきれいに生き生きとしたものに保つ、というような仕事もある）を生かすには——国民をある程度 mobilize して当然なのだ、と感じている。

ことに serve の一面は人間として光栄ある仕事である。なぜなら、人間が気力、体力、能力、善意、健康、優しさ、ヒューマニズムなどのどれかをきちんと持ち合わせていれば、人生は自分を生かすだけでなく、人を生かすという行為ができる。それはこのうえない、すばらしい仕事なのである。

日教組的教育は、子供たちに自由を教えはしたが、人生ではいやでもしなければならないことがある、とは教えなくなった。しつけとは個性をつぶすことで、いやなことはしないのが個性を伸ばすことであり、子供の人権というものだ、と言えば、ものわかりのよさを示すことになる、と思う親が増え始めた。

その結果、利己主義の塊のような子供たちが発生したのである。自分のことにしか関心がない。彼らが得ているすべての利便というものはどこから来たのかは一向に考えない。

停電がなく、健康保険があり、救急車は一円も持たない人でも必ず適当な医療機関に運んでくれ、二十四時間開いているコンビニがあり、自動販売機が人通り車通りの極度に少ない峠の上にでも置かれている。こんなことができる国がどれだけありますか、と言うと、峠の上にどうして自動販売機が置けないんですか、とよく聞かれるのである。

「こんないい盗みの対象はないでしょう。現金と商品と機械と三つがいっしょに盗めるんです。こんなものを人目の少ない峠の上に夜でも設置しておいたら、多くの国ではその日のうちに機械ごと盗まれるでしょうね」

と言うと、びっくりしている。

こういう国に生かしてもらっている以上、こういう国を続けるために「お返しに働く義務」が誰の肩にも少しずつはあるのである。というか、それをしなかったら遅かれ早かれ、いい国家は現実問題として続かない、と言うと、それは国家の仕事であり、受けるのは当然の人権です、感謝することではないでしょう、と言うのだ。それが教師でも、国会議員でもそうなのである。ここで再び「国家」がある人物のようになって登場する。

最近の新聞（二〇〇〇年）によると、川崎市が「子どもの権利に関する条例」を日本全国で初めて可決した、という。だいたい「子どもの権利に関する条例」とは何か。内容の要約を新聞が載せているが、これこそ、教育を真っ向からつぶすものだ。

「安心して生きる権利」が子供にはあるという。もちろんすべての子供が安心して生きたい。私のように幼い時に家庭内暴力の中で生きてきた者は、ことさらそう思う。しかしそうでなくても家庭は家庭、人生は人生だ。私は火宅《かたく》のような家庭を踏み台にして成長した。そして今では世界の多くの貧困地帯を毎年歩いているから、「安心して生きる」社会などは、未来永劫《みらいえいごう》どこにも出現するわけがないということを確認する知恵を与えられた。

子供によりよい生活環境を与えようとは誰もが思っている。しかしそんなことは世界中でできないし、それでも子供はすこやかに育っている。日本よりずっと責任感のある子が育ってもいる。

何よりおかしいのは、子供が「ありのままの自分でいる権利」を保障していることである。子供がターザンではないようにするために行なうのだ。自分の個性を保ちつつ、私たちは自分を矯《た》め、伸ばし、辛い時にも微笑み、やりたくない時でも我慢して持続する力をつけ、嫌いだと思っていたことの中にもおもしろさを見つけるために、教育を受け、独学をする。ありのままでい続けることがいいなら、学校教育もやめたほうがいい。

「ありのままの自分でいる権利」を保障してくれるなら、今後、「ひきこもり、フリーター、ホームレス、楽しみで人を殺してみる子供たち、ボウガンで鴨《かも》を射る少年、爆弾造りを趣味とする青年、万引き、ストーカー、麻薬、レイプ魔、無断外泊、エンコウ、恐喝」はますます増えるだろう。何よりも一番増えるのは「いじめ」に違いない。はっきりしておこう。これらの欲望はすべての人の心の中にある。しかし、ありのままではなく、厳しい教育によって、それが社会の中でどれほど醜悪で取り返しのつかないものか、そして動物ではなく「高貴な魂を持った人間」になるためには、それを乗り越えて、どれほどにも人工的に鍛えた自分を形成しなければならないかを知るのである。

二〇〇〇年十一月、私はインドのバナラシ（ベナレス）に行った。ガンジス川に面した安いゲストハウスは、一泊百円だそうで、だから懐に三、四十万円、アルバイトで溜めた金を持ってくれれば三年も四年も、ぼんやりと、ガンジスを眺めて暮らすことができるのだそうだ。

私たちが案内されたそのゲストハウスのテラスはすばらしい眺めであった。ガンジスの水位が上昇する時のことを考えて、宿は川岸の階段からさらに息を切らすほど屋内の階段を昇るような造りになっていた。

泊まり客の中には、数十人の日本人の青年がいた。グループで来ているのではなく、たいていが一人で日本を抜け出してきた、という人たちらしい。テラスのテーブルで宿の主人にこのうえなくおいしい甘い「紅茶《チャイ》」を出してもらいながら話を聞くと、皆、親の金ではなく、自分で働いて溜めたお金で来ている。知的でもあり、不作法でもない青年たちだし、そこで「ありのまま」をやっているうちに何かを発見する人もいるだろうが、同行したインド人のカトリックの神父は、私に感想を聞かれて言った。

「皆、幸福そうには見えなかった。呆然《ぼうぜん》として、考えを停止しているように見えました」

「そうですね」

と私も賛同した。日記をつけている人もいたし、ひっきりなしに煙草《たばこ》を吸っている人もいた。しかし何もしていない人も多かった。

「彼らは決して自由ではない」

と神父は言った。

「どうしてですか」

と私は尋ねた。彼ら以上に自由な人はなかなかいないだろう、と思われたからだった。

「自分のしたいことをするのが自由ではないでしょう。人としてするべきことをするのが自由です」

するとそこにいた物知りの青年が、共に日本語では「自由」と訳されている「リバティー」と「フリーダム」という英語の違いを教えてくれた。「フリーダム」は「何々からの解放」を示す自由であった。だからその言葉が出てくる背景には、束縛するものが存在している。しかし「リバティー」は全く自分で創造し、考え、選び取る自由な生き方である。「フリーダム」には反対すべき敵が明確に見えているが、「リバティー」は初めから、自分の思想、選択、責任がかかっている。

日本人の人権思想は、人間を創る教育とは全く反対の方向に動いている、というのが私の考えである。

第四話　「うちはうちだ！」

大東亜戦争以来半世紀以上、いったい世間の親たちは何をしてきたのか。

私はある教師から聞いた一つの話を、今でも忘れられない。それはある母親が言ったという、こういう言葉である。

「先生、うちの子は、ちっともうちでお手伝いをしないんですよ。学校で少しお皿を洗うようにしつけてくれません？」

冗談ではない。皿を洗い、洗濯物にアイロンを掛け、ベランダの掃除をし、ということをしつけるのこそ、家庭の教育の分野である。私など母からいやというほどその手の教育を受けたのである。

家事はただ家事ができるという一つの能力だけを指すのではない。子供に働かせて、母親が楽をできるということでもない。その子が個人として、以後生存が可能な状況が作れるかどうかということである。

今の親たちは、子供の生存ということに関してはほとんど考えない。勉強ができるできない、いい高校に入る入らないの問題以前に大切なのは、その子が生存の能力を持っているかどうかということである。動物は律儀にその過程を教える。まず立ち上がること。それから歩いたり、駈けたり、飛んだり、跳んだり、泳いだり、潜ったりすることを教える。次にそれらの運動能力を利用して、餌《えさ》を取ることを教える。動物として生きるには、この程度の能力が、非常に大切なことなのである。

しかし人間の親だけがなぜかこの基本的な技術を教えないのだ。御飯の炊き方（パンの焼き方）がわからなくたって、パンはパン屋で買うものだし、冷凍やレトルトの御飯もあるじゃないの。あれをチンして食べればいいんだから……である。

しかし阪神淡路大震災の時にはそれらもなくなった。アフリカの広大な地域には恒常的に電気がないから、冷凍食品もない。家畜を飼い、それを屠《ほふ》り、肉として食べられるように自分で捌《さば》くことは、空腹を避ける道である。それができない男も女も、餓死するよりほかはない。

他にも必要なことはいくらでもある。水道もガスもないから、瓶《かめ》に入れた水や、束ねた大量の薪《まき》を運ぶこともしなければならない。それには、重いものを持ってかなりの道程を歩くことができる、あるいはロバを鞭《むち》打って歩かせることのできる技術がなければ死ぬほかはないのである。

今もなお多くの国で、とりもなおさず生きて行く基本的な能力については、親たちか、それに準じた伯父たちや従兄《いとこ》たちが技術を教えてくれる。女性として知らなければならないことも、母や姉や伯母などが教えてくれるのである。

勉強が大切だから時間のすべてを知的教育に廻すべきだという理由で、地面を掘ったり、歩いたり、泳いだり、荷物を担いだり、火を燃やしたり、縄を結んだり、木登りをしたり、馬に乗ったりする技術を学ぶひまはない、などという話を聞くと、彼らは、日本人というのはどうしてそれほどばかなのだろう、と思うだろう。理由は簡単だ。生きられない人が、勉強する必要はないではないか、と言うに決まっているのだ。

日本では母も父も、家庭教育を放置したのだ。父と母だけが教えられること、教えるべきことはたくさんある。

第一が、基本的生活技術。

幼い子供たちだけが、生活技術を教えられそこなったのではない。現在、もっと深刻なのは、年取って妻に先立たれた男たちである。彼らは伴侶《はんりょ》を失って、精神的に過酷な孤独を味わわされた、などということよりも、さらに困ることに直面している。

高校や大学を出て、技術系・事務系それぞれの仕事で、充分に一人前の仕事ができる人たちなのに、妻がいないと実は御飯一つ炊けないという人がいるのである。銀行、証券会社、保険会社、あるいは土木、電気、通信など、緻密《ちみつ》な計算のいる仕事をしてきたような能力のある人たちが、どうしてライスカレー一つ作れないのか。中には自分が飲むお茶を入れることにさえ、できるかどうか不安と恐怖を感じている人たちがいる。

日本人は生きる基本を教育することに全く眼が向いていなかったのである。その人たちの母、妻、そして学校もよくなかったのである。男が台所に入るなどということは恥ずかしいことだ、そんなことを男性にさせる家族の女性たちもまた恥ずかしいことだ、という極めて古い考え方が家族に残っているケースは多い。それが一人で自立して生存するのは不可能という男性を作った。または母が全く料理も裁縫もしない人だったので、娘も家事を嫌い、スーパーやコンビニの惣菜《そうざい》、レトルト食品、ファーストフード、ファミレスでの外食、という食生活を続けることになった例もあるだろう。もちろん日本に平和と繁栄が続けば、この生活のパターンには少しも問題はない。しかし電気の供給が止まれば、前記の食生活の方法維持はたちどころにむずかしくなるから、やはり自立できない女性もあり得るわけである。

知的であることだけが教育で、その教育を受ける生身《なまみ》の人間が生存を続ける方法を教えなかったのだからおかしなものだ。

第二に教育しなかったのは、人生に対するその家の趣味のようなものである。ごくありきたりの言葉で言えば、「うちはうちだ！」と居直れる心境である。

昔の家庭は、どの家庭にももう少し個性があったような気がする。一つには同じような面積と間取りのアパートやマンションというものが、これほど多数存在していなかったからかもしれない。たしかに鉄道官舎というものは、同じ箱のような家が並んでいるものだったし、町の中の長屋というものは各戸が同じ作りだから長屋と言ったのである。しかし多くの庶民の家には、それなりの生き方の違いもはっきりしていたのである。

現在の多くの家庭の最大の心配は、人と違うということだ。世間に冷房があったら、自分の家にもなければならない。隣の子供が私立の幼稚園に入ったら、自分の子供も入れないと、きっとひどく貧乏なのだろうと思われるに違いない、と不安は際限なく続く。

何より父と母が怖いのは、世間の眼もあるが、自分の子供の評判なのである。ものわかりの悪い、経済力のない親だと思われたらどうしよう、と怖がっている。だから何の教育もしなければ、自分の趣味も明示しない。

たとえば、「うちではテレビやマンガを制限します」などということを言える親は極めて少ない。「どうしてだよう。どこのうちだって見てるよ」と言われると、民主主義は多数決原理だから、その通りにしなければならないような気がしてくる。

しかしはっきり言っておくけれど、家庭は民主主義とは関係ないところなのである。もちろん父や母が、子供の話をよく聞いて理解する態度を保つことはすばらしいことだ。ただ家庭では多数決で決められるものごとなど全くない、と言ってもいい。

小遣いの額、今晩のおかず、誰がいつお皿を洗うかどうかなどということは、親が一方的に決めることなのだ。親は神さまではないから、親の決定が必ずしも正しいということはない。むしろ親の身勝手である場合さえある。

しかしおもしろいことに教育というものは、あらゆるものから学ぶ、ということなのである。ただし例外は、子供に迎合する甘い親で、そういう親からはほとんど何も学ばないだけでなく、子供自身がむしろ自己崩壊を起こすということは、見ていても辛い。

それ以外の親からは子供はさまざまな形で学ぶ。ものわかりのいい親からも、身勝手な親からも、仕事一辺倒の親からも、怠け者の親からも、大酒飲みの親からも、世事にうとい親からも、けちな親からも、冒険好きの親からも、政治の好きな親からも、ほとんどあらゆる親から学ぶ。もちろん学び方は一つ一つ違う。心から尊敬する場合もあれば、ああいう親父《おやじ》(母親)にだけはなりたくない、という形で学ぶこともある。これが反面教師といわれる形だが、世間にはこうしたケースが実に多い。しかし多くの子供は、反面教師だった親にも、心の中では感謝するものである。

唯一の例外が、子供の言いなりになる親だが、こうした親からは子供はほとんど何も学ばない。つまり抵抗がない親は印象が薄いのである。

どの家にも、その家のしきたりや好みがある。私の育った家は、「律儀」ということであった。まことにつまらない家風だが、もちろんないよりはいい。ずるいことをしない。万引きなど一度たりともしたら、「お前は人間ではない。学問などやめてしまえ」と言われたろう。挨拶をする。礼を言う。いわれのない金品は決して受けとらない。目上の人に対して礼儀を尽くす。清潔にする。質素にする。伝統的な行事を守る。

私が結婚して作った家庭は全く別なものであった。一言で言うと「人生を客観的に見る」ということがその特徴であり、一面では自由放任の悪いところも持っていた。

人生という舞台には、さまざまな人が登場する。私も、私の家族もその一人である。それらの登場人物は当然のことながら、失敗もすれば、嘲笑《ちょうしょう》の対象にもなる。自分の子供にしても、なかなか個性的でいいところと、とんだでたらめなところとがある。

私たち夫婦はよく自分の失敗を語った。それでよく笑った。自分の失敗はつまり

「人」の失敗でもあるわけだから、普遍的なできごととしてよく笑えるのである。そんな心理的な余裕などあるはずがない、という人のために、少し解説を加えれば、私たち夫婦は共にカトリックであった。人生は「仮の旅路」で間もなく終わる。位人臣《くらいじんしん》を極めても、生涯はぐれもので終わっても、神の眼から見てその生き方に必然さえあれば、それはそれなりに完結した人生であった。よい人にもどこかにおかしなところがあり、悪い人にもどこかにいい香りのする点があるであろう。そういう思いがどこかにあるから、何でも笑えるところがあった。この一瞬が大事なのである。

私たち夫婦の好みがすんなりと子供に生きたか、というと決してそんなことはない。第一、夫と私とでは、教育の方法に関して好みが全く違った。私は子供の時、歪《ゆが》んだ生活を送っていたから、苦悩が自分を鍛えたことを感じていた。それに比べて夫は慎ましくはあったが、すんなりとした知的な家庭に育ったので、私のような悲壮なところはいささかもなく、どちらかというと子供にもいやなことはさせないほうだった。そして私は子供が男の子だったので、夫の教育の趣味に合わせることにした。

どんなに片寄っていようと、幸いなことに基本のところで私たち夫婦は人生の生き方に対する好みが一致していたのだ。その一つは権力にすり寄るということをしないことだった。権力者とは、私たちはいつも距離をおくことにしていた。何しろ先方は実業に忙しい方たちだが、私たちは文学などという虚業に生きている閑人《ひまじん》だったのである。たとえどんなに書かねばならない原稿が多くても、私たちは閑人として人生を生きていると感じていた。

私は育ちのせいで、いつも少し禁欲的であるべきだ、と感じていたから、お金ができても、長い間テレビも買わなかった。当然、幼かった息子はそれに文句を言った。「何ちゃんのところも、何君のうちにも、テレビはあるよ」というわけである。しかし私は、「あなたが自分でお金を儲けて生活するようになったら、チャンネルの数だけテレビを買って自由に見なさい。ここは親の家ですから、私たちの自由にします」と取り合わなかった。そして「人のうちにはあって、うちにはないものもあります。人のうちにはなくて、うちにはあるものもあるんだから」とつけ加えた。

単純に言えば「うちはうちだ！」なのである。誰の家にも、この思想があって当然だ。今を流行《はや》りの言葉で言えば、一人として完全に同じDNAの配列を持つ人がいないとすれば、当然生き方の好みも違って当たり前なのである。

それなのに、世間にはやたらに人の考えに合わせようとする人がいる。今は自然保護が大切、となると、野生動物の生命は守るけれど、農民の田畑を荒らし、ひいては農村の生活を脅かす彼らの行動については全く考えが行かなくなる。人権が大切だとなると、被害者より加害者を守ることだけに注意が集中する。昔から治水は国を治める基本で、その線に沿って日本も国作りをしてきたからこそ、他国のニュースが示すような大規模な洪水に見舞われることもなくなったし、電力の不足に怯《おび》えることもなくて済んできた。その恩恵は受けておきながら、ダムも原発も堰《せき》の建設も悪いという世論があると、すぐそうした単純な思考の流行になびくことである。

基本から自分で考え、「うちはうち」「自分は自分」を持《じ》することができるようになることは、ほとんど教師の教育によるものではなく、家庭の思想によるものだ、と私は考えている。

第三に、日本の戦後教育が果たさなかったものは、善か悪かではなく、多くの場合、善と悪がまじり合った不純な選択以外にあり得ないという大人の判断を養うことであった。現世に悪の要素がなくなることはない。もちろん善の気配が消えることもない。しかし善だけだったり、悪だけだったりするものもない。要はどこで妥協するか、ということなのだ。もちろんできるだけ、いい地点で折り合うことが望ましいのは言うまでもない。

いい大人までが、理想論でものを言う。それをほんとうは幼稚と言うのである。私たちは理想を目指す。しかし現実は決して理想通りになり切れないことを知っている。そこから、ためらいも、羞恥《しゅうち》も、寛大も、屈折も、悲しみも、許しも知った大人の感覚が生まれるのである。

教師は立場上、こうした不純で、それゆえにこそ成熟したふくよかなものの見方を教えにくい。しかし父や母なら教えられる。こうした話は、家庭という誤解を恐れる必要のない気楽な密室的な場で、食事の時や風呂の中で話すのに適した話題なのである。

第五話　両面教育

少し古い新聞記事になるが、二〇〇一年二月二十七日の毎日新聞の「憂楽帳」というコラムに、今松英悦氏という方が次のような記事を書いておられた。

「戦後民主主義の評判がいたって悪い。黙っていると、いまの日本が駄目なのはすべて、そのせいにされかねない。『教育の悪平等が創意工夫や社会の活力をなくしている』『戦後教育は左翼偏向だった』など、罵詈雑言《ばりぞうごん》が浴びせられる。戦後民主主義期に幼少年時代を送ったベビーブーマーのひとりとして、全く納得がいかない」

今松氏にはお会いしたことがないが、この文章は誠実に書かれているので、今日はこれにお答えしようと思う。

新聞記者だから、新聞に書かれた論調を信じるのも当然なのだが、左翼偏向や言論の統制をしたのは他ならぬ新聞だったのである。今松氏も多分ご存じない昔に、私は毎日新聞にエッセイや随筆を書いた。学芸部の記者の方たちには、ずいぶん親身になって面倒を見ていただいた。楽しい感謝に満ちた思い出ばかりである。しかしその他の部では、いくつものことで、表現の弾圧を体験した。署名原稿というものは、書いた人に全責任があるのだが、それに対しても制限が加えられたのである。これが左翼思想の実態であった。

第一が中国報道の偏向である。中国に関しては少しでも批判的な記事を書いてはいけない、という姿勢がまず前提にあった。毎日だけではない。いわゆる「朝毎読」の三紙に東京新聞などのブロック紙までが同調して、戦争中の大本営発表のような完璧な思想統制記事網が長い年月張りめぐらされたのが実態であった。

中国にはハエがいない、ということになると、中国にだってハエはいる、という文章も拒否されるか、少なくとも敬遠された。「毛沢東の中国は、たくさんの人を粛清し、厳しい思想弾圧をし続けた」ということは、日本のマスコミ人が生命をかけて報道しなければならなかったことではないのか。しかし「朝毎読」の三紙は、決してそのことに触れようともせず、中国礼賛記事を書き続け、中国に尻尾《しっぽ》を振った。そしてそのことに関して、新聞がその大きな責任を謝罪した記事を私は読んだ覚えもない。

そのような日本人の根性を見据えて、中国は、日本は「押せば引く国」と見るようになったのだろう、と私ならずとも多くの人が思っている。私が中国人でも押せば引く相手なら押すだろう、と思うからだ。だから現在も続いている中国との関係の不愉快な部分を許した「大きな功績」の一部は、新聞社にもあったのである。

「二つの中国」を認めないと中国が言えば、しかし台湾という島が中国とは別に存在していて、それは決して日本人がそうさせたわけでもなく、ヨーロッパ人がチャイニーズと呼んでいる人たちが自ら決めた政治形態なのですよ、ということも日本の新聞は社説として言いもせず、私たち書き手にも言わせなかった。私のその手の原稿は新聞の輪転機で一刷りを刷り始めてから、機械を止めて引きずり下ろされた。三つの中央紙と私の原稿を引きずり下ろしたブロック紙は、腫《は》れ物に触るように競争で中国のご機嫌を取った。そのような責任を今松氏はどう考えられるのだろう。

今松氏は次のようにも書いている。

「歴史教育や歴史研究でも同じだ。第二次世界大戦が帝国主義戦争だったことは明白だ。アジア地域を侵略したのも歴史的事実だ。ところが、それを教えるのは自虐史観だという人々がいる。過去に学ぶことなく、反省もしない傲慢《ごうまん》なこの史観が、社会科学として成り立たないことは明らかだ」

第二次世界大戦が帝国主義戦争だということはほんとうだが、戦後教育は、ベルリンの壁崩壊で社会主義がいかに非人間的であったかを有無を言わさず見せつけられるまで、明らかに左翼偏向だった。あれだけの社会主義の悪を新聞はその時点で報道しなかったし、それを反省しないのも、「過去に学ぶことなく、反省もしない傲慢なこの史観が、社会科学として成り立たないことは明らかだ」と、今松氏の言葉をそっくり繰り返すことで説明しなければならない状態である。

一私人となり、昔の日本のことは私たちよりよく知っている李登輝《りとうき》氏の病気治療のための日本入国さえ認めないという中国と、それに最初から昂然《こうぜん》と「いえ、病気療養なら、当然人道上認めねばなりません。それも一刻も早く、明日にでも」と言えない外務大臣や外務官僚の弱腰は、何という情けないものだろう。今さら世論の反対を受けて慌てて許可しても、全世界と台湾と中国と日本人と、すべてからそれぞれの意味で、日本の外交は、おろかで卑怯《ひきょう》で肝っ玉のキの字もなく、強いところにおろおろとなびくものだ、という確認を改めて取られただけに終わる。

こうした外務省の弱腰ぶりは、長い年月、日本のマスコミも充分に加担してできた空気の結果である。昔の貧乏学生は「納豆売り」ということをしたのだと私が初めて知ったのは、昔日本で勉強されたことのある李登輝氏との雑談の時であった。


新聞が続けた第二の言論に対する弾圧は、今でも続いている執拗《しつよう》な差別語に対する過度の締めつけである。

その一例は一九九八年に起きている。私は東京に生まれ、東京に育ち、東京で仕事をし続けた生粋《きっすい》の東京人である。戦争中に疎開した十カ月を除いて、他の地で暮らしたこともない。その体験から、と限定して、私は東京で生まれた子供たちは、被差別部落の存在というものを知らないし、それ以後も日常の意識にない、と書いた。その署名原稿を掲載できないと拒否したのは『サンデー毎日』であったのだ。はっきり言っておくが、私は「差別をしよう」とか「差別をして楽しかった」と書いたのではない。私の育った東京という土地には「差別意識が全くと言っていいほどなかった」という意味のことを書いただけなのに、それがいけない、と言うのである。私は原稿の書き直しを命じられたが、私の実体験を毎日新聞の言う通りに直すことはできないので、この連載は打ち切りになった。

すべてとは決して言わないが、私と同じように被差別部落のことに関して体験も知識もなく育った東京人は、私の周囲にいくらでもいる。つまり一年中、ごく自然に部落問題は私たちの日常会話や意識に全くゼロと言っていいほど登場しないのだ。とにかく東京の日常生活では、（他の地方と違って）そんなことを意識している暇がないのである。東京はまず出稼ぎ人の町だし、徹底した能力主義社会を採用している土地で、出身地や家柄や先祖やそうしたものが意識に上らない個人主義の土地なのである。それにもまた弊害はあるが……。

私は個人の体験を署名記事としてその全責任を負って書く仕事をしている。しかし新聞社は、私の倫理、認識、生き方を認めなかった。何が言論の自由かと思う。それが戦後民主主義というものだったのか。そしてそれがいいことなのか。

こういうことを言うのが本題ではない。

私が触れなければならないのは、戦後教育は、現実を正視しない、という特徴があったということだ。

私のような老年でさえ、終戦の時にはまだ十三歳だった。だから世間のすべてのことを理解したわけではないが、当時の新聞は今松氏の言う「帝国主義戦争」に全面加担し、戦意高揚を煽《あお》り立てた。今のようにテレビはなくラジオも弱体な時代だったから、戦争を賛美した最大の功績は新聞にあったのだ。

昭和十七年十一月十六日、大政翼賛会《たいせいよくさんかい》と新聞社は共催で「大東亜戦争一周年・国民決意の標語」を募集した。その時、歴史にも残るいくつもの「名作標語」(?)が生まれたのである。私くらいの老年なら、そのうちの幾つかには必ず記憶があるだろう。

その生みの親は大政翼賛会と新聞であった。

「さあ二年目も勝ち抜くぞ」

「すべてを戦争へ」

「たった今！　笑って散った友もある」

「ここも戦場だ」

「欲しがりません勝つまでは」

こうした企画をして戦意高揚を煽った新聞社が、正面切ってその責任に対して謝罪したという記事を読んだ記憶はない。戦後、記者個人が今松氏のような文章を書くことはあっても、それは常に、自分にはその責任はなく、誰か他人が悪い、という姿勢であって、新聞社はついぞ責任をとって謝罪することはなかったのである。

私はそのことさえも非難しているのではない。それは世界ではよくあるやり方である。英国の女王も歴代首相も、イギリスやヨーロッパは大きな貢献をしたと暗に歴史を自負するようなことは言ったが、過去の植民地化を謝罪したことなどない。オランダ女王は来日した時、日本はオランダに対して不当なことをした、という意味のことを言ったと記憶するが、自国がインドネシアに対して不当なことをしたとは、言っていないだろう。

毎日新聞社だけではない。誰もが皆謝れない理由があるのだろう。私自身は日本の帝国主義化を謝るような立派な立場にいないが、しいて謝らない理由を考えてみれば、二つある。

第一は、他人の犯した罪は、私のキリスト教解釈では、代わって謝ることはできない、ということである。もしそれができるなら、自分の犯した罪を他人に謝らせることもできることになる。

　第二は、完全なる悪も、完全なる善もこの世にはありえない、と考えているからである。植民地化は、今やいかなる角度から考えても望ましいものではない。しかし植民地時代の中にも立派に意味のあるよきことは、部分的に存在したし、植民地を脱した現在のアフリカで、植民地時代にはありえないような残虐が発生していることも事実である。つまりこうなったらすべてがよくて、ああなったらすべてがよくないのだ、という言い方はしてはならないものだ、と思う。

　オール・オア・ナッシングの考えこそ、戦後教育の弱点であった。つまりものごとを、正面切ってあるがままに観《み》るという姿勢を教えなかったことだ。

「皆いい子」とはなにごとだろう。最近のDNAの発見は、さまざまな要素を持つ人間がいることを解明した。恐らく今に、殺人を楽しむDNA、残虐さに快感を覚えるDNA、癌《がん》のDNA、自閉症のDNA、詐欺《さぎ》をするDNA、不妊のDNA、集団を恐れるDNA、高い山に登りたがるDNA、賭け事に夢中になるDNAなどが、続々と解明されるかもしれない。もっと想像すると、だんだんマンガチックになるから止《や》めるけれど、それらが、「皆いい子」などという言葉の持つノーテンキな似非《えせ》ヒューマニズムとはいかに縁遠い重々しい人間性と結びついているかを感じるだろう。

しかし人間社会の任務は、いい点を伸ばすことと同時に、今まで皆からは嫌われ、悪いこととされていた点を、どうしたら「日の当たる中で」うまく育て、それを社会で役に立つように使えるかである。

私は近視で、人の顔が見えないから偏屈な性格に育った。今でも一番苦手なものは、大勢の人とつきあわねばならないパーティーである。しかし一人で仕事をする作家という仕事なら、この偏屈が少しも裏目にでない。

作家なら別に「円満で、人当たりが優しくて、常識的で」ある必要はないのだ。「片寄って、頑固で」あることは、必須条件ではないけれど、作家なら「それでも済む」ことなのである。いやむしろ変わり者であることを人は面白がる。必然はよくわからないけれど、面白がられることもまた人さまの退屈紛らしにはなるだろう。

小学生が運動会で五十メートル走って、一等も二等もないということは、つまりかけっこで一等や二等になることに大きな意味がある、と過大評価したからだ。私は子供の時から、親たちの家庭不和、戦争による生命の危機、戦争に付随するいささかの経済的な不自由、その他を体験したから、自分の身に起きることには、たいてい「たかが」という枕詞《まくらことば》をつけることができるようになった。たかが失敗作を書くくらいで……、たかが人に少しばかにされるくらいで……、たかが財布をなくすくらいで……という塩梅《あんばい》である。そのうちに、たかが私の一生くらい……と思えて、ひっそりと静かに死んでいければ大成功である。

「日本社会が停滞していることは事実だが、それは政治の駄目さ加減、企業精神の衰退などのためだろう。戦後教育や民主主義のためとは、いわれなき誹謗《ひぼう》中傷そのものだ」

今松氏はそう書かれるが、私は民主主義自体がだめだ、などと思ったことも聞いたこともない。しかし民主主義は、（いつも言っていることだが）電気のない土地では機能しない。それらの土地では族長支配が、昔から今まで連綿と行なわれていて、それなりの役目を果たしている。もちろんそうした土地にも教育は必要で、皆が自分で考えることができるようにすることが理想だから、私は個人的にも、現在の日本財団という就職先でも、そのために気の長い将来を目指して仕事を続けている。しかし政治家が駄目なのは、国民が駄目なのだ。政治家を選ぶのは私たちなのだから。また今松氏が言う企業の中には、新聞社も入るのだろうか。私の立場だったら、作家も自らの仕事を正す対象に入れねばならない。人のことばかりをあげつらうのはよくないやり方なのである。

民主主義の結果、日本には善意に溢れた「お嬢ちゃまとお坊っちゃま」が溢れた。苦労知らずで、ベッドやテレビや水道や空調やケータイや、ラーメンやピザやハンバーガーがないところでは暮らせない、と感じる人たちである。そういう青年たちは、しかし潜在的には能力も善意もある若者たちなのだ。

彼らに、世間は決して単純ではないことを教えなければならない。毎日動物の餌に近い食物を食べて生きている人が、まだ数多くいることを知らせたい。成功や穏やかな生活が望ましいに決まっているが、時には失敗や不幸が人間を育てる事実も認めさせねばならない。教育では現世のプラスの部分とマイナスの部分を共に有効に使える。戦後の教育はプラスの面しか有効とは認めなかったのだ。だから教育の方法も人間も共に幼稚になったのである。

第六話　「八人の部屋」

大阪府池田市の小学校で、児童八人が異常な精神状態の男に刺殺されるという事件が起きた時、私はアフリカにいて、英字新聞で事件の概要を知っただけであった。何しろ日本語の新聞など配達されるような土地ではないから、詳細はすべて帰ってから、人の口を通して聞いたのである。

その中で、惨劇のあった校舎を取り壊すという話を聞いた時には、ほんとうにびっくりした。父母の一部がそうしろと言って騒いでいるというだけなら、そういうこともあるだろう、と思っただろうが、文部科学省の副大臣がいかにも理解を示したという感じでそのことを発表している記事を後から読んだ時には、実に教育の本質のわからない人が文部科学省の長の一人として働いているものだ、と驚きを新たにした。

抽象的なことは言わずに、私たち夫婦がまだ若くて、我が家にあの学校で亡くなった子供たちと同級生だった子供がいるとしよう（私のうちは、孫がもう大学生なのだから、子供を想定するのはむずかしい、と言われるかもしれないが）。そしてあの事件についてどんな会話が交わされるか、想定してみたいと思う。

子供「学校へ行くのはいや。怖い」
親「そうか。別に怖いことはないだろう。もうあの男は捕まった」
子供「他にもああいう人がいるかもしれない」
親「皆必要以上に用心してるから大丈夫だ。お祖父《じい》ちゃんから聞いた話だけど、昔の兵隊さんは、大砲の弾丸の落ちた跡は、一番安全だと言って、争ってそこに入ったもんだそうだ。同じことは二度はなかなか起きない」
子供「でも血が流れた跡がしみになっていたりして気持ちが悪い」
親「お前はしゃぶしゃぶや刺身を食べないのか？　食べてるじゃないか。血は生きている印だ。気持ちが悪いと言うもんじゃない」
子供「でも夜になると幽霊が出るかもしれない」

親「お前は死んだ○○ちゃんを苛《いじ》めたんだな」
子供「そんなことしないよ！」
親「それじゃ、○○ちゃんが幽霊になって出てきて、お前を苦しめるわけがないじゃないか。幽霊は、その人を殺した人の前に出てきて、両手を胸の前に揃えてだらりと垂らして『ウラメシヤー』と言うんだ。でもお前と○○ちゃんは仲好しだったんだろ？」
子供「うん」
親「だったら幽霊になって出てきてくれたら、嬉しかないか。○○ちゃんのお父さんとお母さんは、幽霊でもいいから会いたいと思ってるだろうよ」
子供「そうかな」
親「そうに決まってるさ。少なくともお父さんならそうだな。お前が殺されて、でも毎日幽霊になって出てきてくれるんなら、死んでも少しは淋しさがまぎれるものな」
子供「怖くないの？」
親「怖いもんか。子供が怖い親がいるか？　嬉しくて抱っこしちゃうよ。もしお前に○○ちゃんが出てきてくれたら、いろいろ話をしろよ。あの世はどんなですか？　あの世まではどんな道を通って行ったの？　毎日何を食べてるの？　学校や宿題はあるの？　とかさ。いろいろ聞くことはあるだろう。そして○○ちゃんから聞いた話を作文に書きなさい」

子供「でも、そこで死んだんだ、っていうところがあると、何だかそこに気味の悪いものがあるような気がする」

親「今、お前が座ってるとこもそう思うか？」

子供「このうちの？」

親「そうだよ。そこでも必ず人が何人も死んでる。今お父さんの座ってるとこでも、何十人も何百人も死んでるだろう。地球ができてから四十五億年、人間が発生してからでも三、四百万年って言われてる。生まれた数だけ死んだ。すごい数になるぞ。だから地面の上、どこでも人間の墓でないとこはない。いちいち人が死んだ場所は気味が悪いなんて言ってたら、住むとこはない。地球上、全部墓場だ」

子供「でもあんまり幽霊は出ないね。このうちで幽霊に遭《あ》ったことないよ」

親「当たり前さ。死んだ人が皆怨《うら》んでるなんてことはないんだ。○○ちゃんだって充分お父さんやお母さんにかわいがってもらったじゃないか。運動会のお弁当は、お前より○○ちゃんのお弁当のほうがずっときれいにできてたぞ」
子供「あれは買ってきたのかもしれないよ。うちのお母さんのは手製だから」
親「だから巻き寿司が上目遣《うわめづか》いなんだ。でもお父さんなんか死んでも殺されても決して幽霊になって出てこないね。満足して死ぬからね」
子供「どうして？」
親「だってお父さんの周囲はいい人ばっかりだったからな。お母さんは、あんまり美人じゃなくて大食いだけどね。まあ、明るくてユーモラスでいい女だったよ。料理も手抜きはするけど今のお母さんたちの中じゃよく作るほうだしね。お父さんの友達も皆おもしろくて個性的な人ばかり。死ぬ時も大満足さ」
子供「あの教室、でも皆入りたくないって。怖いから」
親「怖い理由が実際に少しもないのに、怖いなんて言うな（少し厳しい声）」
子供「新しい校舎が別にできたら、あのこと、忘れられるからいいの」
親「お前は○○ちゃんが死んだことを忘れる気か？」
子供「（無言）」

親「○○ちゃんは死んで、お前は生きてる。お前が特別にいい子で、○○ちゃんが悪い子だからそうなったんじゃないんだぞ。何の理由もなく、二人は全く違う結果を受けた。そのことを忘れる気か？」

子供「忘れようたって忘れられないよ」

親「じゃ、校舎を移りたいなんて言うな。お父さんだったらあの教室を、『八人の部屋』としてずっと記念する。途中で死んでしまってどんなに無念だったでしょう。その分まで同じクラスの子ががんばります、という決意の部屋にするんだ。お父さんは毎日、その部屋に行って挨拶するね。それからお話する」

子供「どんなお話？」

親「何でもいいんだ。『○○ちゃん、おはよう。元気？　昨日、佐藤先生に叱られちゃったよ。私が悪いんじゃないのに、先生ちゃんと見てないから、山田君のほうがいって言うんだよ。頭に来るよ。でも昨日、うちのミーコに赤ちゃんが三匹生まれてた。ミーコは猫でも美人だから、赤ちゃんもすっごくかわいい。○○ちゃんが見たら、一匹欲しいって言うと思うよ』。そんな具合だね」

子供「どうして佐藤先生に叱られたこと知ってるの？」

親「お母さんに話してたじゃないか、大きな声で。うちの女たちは皆大きな声で喋るから、何でも筒抜けなんだ」

子供「そんなふうにしてると、○○ちゃんが死んだなんて思えないね」

親「お前のお祖父ちゃんから聞いた話だ。戦争前のこと」

子供「明治維新？」

親「違うよ。第二次世界大戦の始まる少し前のことさ。お祖父ちゃんは武蔵境《むさしさかい》の田舎の学校に通ってた」

子供「武蔵境は田舎じゃないよ、お父さん」

親「昔は田舎だった。うちが農業で凄《すご》く貧しい子もいた。毎日お弁当を持ってこられないから、他の子が食べてる間、お腹が空《す》いてもじっと我慢して校庭で遊んでる」

子供「給食は？」

親「その頃は、そんなものはないんだ。お祖父ちゃんは辛くなって自分の弁当を半分分けようかと思った。しかしそんなことをすると、自分がお腹空いてたまらない。それで先生に言いに行った。そしたら受け持ちの先生が『これでパンを買いなさい』って五銭くれた」

子供「五セン？　五千円のこと？」
親「いいや、一円の百分の一が銭」
子供「だったら、何にも買えないじゃない」
親「いや、パン一個は買えたんだから、今の百円くらいの価値はあったんだ」
子供「それでそのお金どうしたの？」
親「お祖父ちゃんは校庭に行って、その子にお金を渡した。先生からだ、って。そしたらその子は要らない、って言った」
子供「どうして断ったの？　私ならもらっとくけどなあ」
親「乞食はいけない、って教わってたんだろう。ちゃんと働いて報酬としてもらうんならいいけど、もらう理由のないお金はもらっちゃいけない、って。その子は偉い子だと思うね」
子供「乞食なんて言っちゃいけないんだよ。差別だから」
親「そんなことはない。乞食を正規の職業にしている人たちがいる国はたくさんある。現実にあるものを無視してでたらめを言うのはかえって失礼だ」
子供「……」

親「お祖父ちゃんはその子がお金を受け取らなかったことを言って、先生にお金を返したんだ。そしたら先生が言った。『そんなにお前が気にしているなら、お前は一生かけて、そのことにこだわり続けなさい。お前にできることはそんなものだ』」

子供「侮辱したの？」

親「まあ、そうでもあるね。お祖父ちゃんがセンチメンタルなことを少したしなめたんだろう。自分が人にいいことできるなんて思い上がるなってことさ」

子供「お祖父ちゃんはその後でどうしたんだろう。お小遣いやるったって……そんなにないか。毎日はむりだよね」

親「だからお祖父ちゃんは、弁当のない子の傍《そば》で、毎日平気で自分の弁当を食うように努力した。その時の胸の重さに耐えるのがその子に対する誠実だと思ったからだ。だから今度も新しい校舎を建てちゃいけないんだ。不運に遇った子の苦痛を毎日思いながら生きることがお前たちの人生なんだ。それが○○ちゃんの、お前たちに贈るメッセージだろう。血を流して贈った言葉だぞ。それを忘れようとはしないことだ」

子供にこういう話はむずかしすぎてわからない、と言う人がいるが、実はそうでもないのである。子供は小学校一、二年になれば、かなり複雑な話にでもついてくるものだ。たとえその時は完全にわからなくても、成長に従って度々繰り返せばそのうちに理解する。

池田市の事件の後始末がよくできているようでいて、実は全く教育的でないのは、大人の側が、あまりにも子供がそれによって深く傷つき、立ち上がれないほどだ、と解釈したことだ。もちろんそういう子供もいる。そうした子供には個別に手当てが要る。しかし子供というものは多くの場合、強靭《きょうじん》で健全な精神を持っていて、大人より早く忘れもすれば、それをいつのまにか消化して、生きる技術に置き換えたりしている。むしろあれほどの残忍な事件は、その傷がなかなか癒《い》えないものだと決めてかかるほうが子供に後々悪影響を及ぼす。今後、子供は、何かうまくいかない時、あの事件が自分の心に傷を与えたので、心が歪《ゆが》んでも当然なのだ、という逃げ道を作るようになる。

私もその一人だったが、子供は幼い時、心の傷を受けるものだ。暴力を受け、両親の不仲に遇い、貧乏に喘《あえ》ぎ、長引く病気を体験し、死ぬより他に解決の道はない、と思いつめることもある。しかし多くの子供は、後年そうした苦労を笑って語れる大人になる。自分がそれらの苦難に耐えられた、という自信をつけた場合である。

　現代の教育に一番欠けているものの一つは、子供をいつまでも過保護に子供扱いして、決して一人前の人間として生きる自信をつけさせないことである。つまり大人になるための苦難の道を体験させないことである。

　生き残った子供には、ほんとうに使命がある。友達の両親に対して、理由なく生き残った者は、負い目を覚えて普通だ。だから友達の分まで、充実した人生を生きなければならない、と親も先生も教えなければいけない。それはつまり事件を、過大にも過小にも記憶しないことだ。しかし忘れないことが教育なのである。

　世界中には、学校の校舎がない土地が実にたくさんあることを私は見てきた。村中の家が泥の壁と草葺《ぶ》きの屋根でできた村では、学校はあっても校舎は草葺きの屋根に苫《とま》を廻《めぐ》らしただけの壁だ。机なし、椅子なしの学校もある。トイレなし、電気なしは普通。トイレは学校の周辺の草むらでする。教科書なし、ノートなし、エンピツなしも別に例外ではない。

　生徒は皆お腹を空かせている。給食などというものは考えられたこともないし、家でもまともに食べていない。そして子供たちは生活のために働く。弟妹の世話、鶏や山羊《やぎ》の世話。牧童として牛や羊を追って歩く。水汲《く》みは時には三キロ四キロも遠くの井戸まで行くのだ。薪《まき》を採れる林は乱伐でどんどん遠くなるから、長い道程を母といっしょに重い薪の束を頭に載せて、裸足《はだし》で運んでこなければならない。生活が第一、学校は二の次である。

日本では殺人の現場になったからというだけで、水と電燈のある立派な校舎を放棄する、と聞いたら、彼らはどうしてだ？と聞くだろう。水と電気とトイレと給食の設備まである学校なんて天国の話で、想像することもできない。それを壊す、という理由がわからないだろう。

そもそも死なんてどこにでも待ち構えているものだ。そういう土地では、子供の三人に一人、あるいは四人に一人は幼いうちに死ぬのだ。死は生と完全に表裏をなしている。死なない人はいない。生まれたから死があるのだ。それが普通の人間の見方だろう。

文部科学省は、ひ弱な精神を持つ子供を育てようとして必死になっている。父母がそれに同調し、学校も人情論に屈する、と私は感じている。

第七話　第三の悪

昔から古新聞というものはなかなかおもしろいものだ、という実感がある。私の子供の頃、私はよくお使いに行った。学校の帰りにお漬物を売る店の前を通りかかり、これはおいしそうなタクアンだと思うものを見つけると、そこでもよく買って帰った。爾来《じらい》、私はタクアンのおいしさを眼で見分けられる一端《いっぱし》の目利きだと、自分では思っているのだが、客観的保証はない。

当時タクアンは、新聞紙に包んでくれた。ビニール袋もない時代だから、タクアンがよほど好きでなければ、学校の帰り道なんかには買えない代物である。往々にしてタクアンからは黄色い汁がしみ出て、教科書やノートを汚したが、私はあまり気にも留めない性格だった。

電車に乗ると、今度は私は膝《ひざ》においたタクアンを包んだ新聞紙を読んだ。包み紙がさらに読み物になるなんて、何て便利ですばらしいことだろう、と私はしみじみ考えた。それ以来、私は新聞紙は古くても新しくても、読み物だと考えるようになってしまった。

長い前置きになったが、先日、七月（二〇〇一年）のある日の新聞が我が家の雑誌の間から出てきた。雑誌を溜めておいて読んでいるうちに、新聞も一枚古くて捨てなければならないのが混じっていたのである。これは新聞ではなく、旧聞だな、と思いながら眺めていると、中に中国とロシアの新条約の記事が出ていた。中ロ首脳が、両国の間で新しく善隣友好協力条約を結んだのだそうである。私は全くそんなことを知らないままでいたのである。長年中ロの間には、何かはっきりした関係があるのだろう、と思いこんでいたが、記事を読んでみると、冷戦初期に結ばれた中ソ友好同盟相互援助条約は、一九八〇年に失効していて、以後は無条約状態だったという。条約の内容は、内政不干渉、平等互恵、両国間の問題の平和的解決などに基づく戦略的協調の発展をうたっているのだ、という。調印後、プーチン大統領はこの条約が、「世界の平和と安定に寄与する」と言ったのだという。

新聞は書いている。

「この時期に条約を結んだ裏には、米国の一極支配に対抗する共通の思惑がある」

「両国ともブッシュ政権のミサイル防衛計画に警戒的である。弾道弾迎撃ミサイル（ABM）制限条約の堅持を主張し、『戦略的安定の維持を確保する諸条約の厳格な順守を支援する』と新条約にうたった。

また、軍事面では技術協力を進めるほか、相互援助条約の軍事同盟条項に代わって『一方が侵略の脅威を受けた場合、直ちに協議する』という項目も盛り込まれた」

また新条約には、「この条約は第三国に向けられたものではない」という条項もあるのだそうだ。新聞自身も「問わず語りに『米国』への過剰な意識が透けて見える」と書き、

「もしも、条約に込めた両国の本音が『共通の敵』をつくり、それに対抗することなら、『世界の平和と安定に寄与する』願いとはむしろ逆行する。

特定の国を敵視せず、相互の協力、協調を発展させることで国際社会にも貢献する。そんな両国関係であってほしい」

とその新聞の社説は言うのである。

世の中の悪には、少なくとも二種類があった。一つは殺人、放火、誘拐、窃盗、詐欺《さぎ》などのように他人の身体・財産に明らかな危険や損害を与える行為である。もう一つは名誉毀損《きそん》、脅迫、思想統制のような純粋に精神的な圧迫だけだが、それが人間の暮らしに大きな影を与えるものである。

これに加えて、私は最近「第三の悪」があると思うようになった。それは、大の大人がこんなおきれいごとを言うことの迷惑である。

政治家というものは、明らかに心にもないことを言うものだ。ほんとうのことを言っていたら、国民にも新聞記者にも叩かれてやっていけない職業なのである。アメリカのミサイル防衛に何の危惧も抱かないのなら、中ロは決して今になって条約など結ばないだろう。それは明らかにアメリカを仮想敵国とし、アメリカを牽制《けんせい》する目的のためにできたのである。

プーチン大統領が世界平和のために云々《うんぬん》したと報じるだけはいい。しかし大人であるべき新聞の社説がこんな高校生まがいの記事を載せ、かつ特定の国を敵視しないことなどが、現実の問題としてできるかどうか考えもせずおきれいごとを述べるのを読んでいると、世にも甘い青年ができる。これを第三の悪だと私は思うのである。

勢力の均衡によって戦争に至らない状態というのは、仮想敵国を想定し、お互いの間に何が起こるかを繰り返し繰り返し、予測し、修正し、また予測して、妥協案を考え出すことでやっと可能なものとなるであろう。

ほとんど地球上のすべての国が、必ず特定の国を敵視している。多くの場合、それは隣国だ。しかし人間の英知と計算が、敵視するだけでなく、それをどうしたらアメとムチでごまかして緊張を緩和していけるか、を考える。もちろん中には、そんな国際的な緊張を計算せず、ひたすら人道的な意味で相手国に貢献しているグループもいる。しかし特定の国を敵視せず、相互の協力、協調だけで、相手も紳士的に振舞うなどということは、通常期待できないことだ。侵入の方法は、飛行機や戦艦で攻めてくる以外にいくらでも方法がある。麻薬、ニセ札、最近ではハッカーの手口もそれに入るだろう。

どこの国でも、近隣の国は利害が一致せず、肩肘《かたひじ》張っていないとこちらがやられてしまうものだ、と教える。しかしそれだけではない。そういう相手に対しても、隣人であるが故に、いかなる感情も超えて助けなければならない場合があるのだ、とも教える。その対立する二つの現実に賢く耐えるのが大人なのだ、と教える。いわば着物にしたら裏をつけた袷《あわせ》の含みである。日本人の精神は一重《ひとえ》ばかりだ。ことに国際関係で敵視をしないこと、というのは現実に離反した考えである。

人間は、時には好意を持って、時には憎悪によって相手を理解する。好意だけで、相手を完全に理解できれば、こんないいことはないのだが、人間の眼が鋭くなるのは、多くの場合、憎悪によってである。

いずれにせよ、我々は相手を見る目利きにならなければならない。善意だけあって、相手が何を考えているのかわからないようなお人好しを作るのも迷惑至極である。

中国とアメリカとの間にはどんな問題があるか、経済的なことは私にはよくわからないけれど、恐らく中国は自国の産物をアメリカにも日本にも買ってほしい。今はあちこちに同じような競争相手がいるから、「それならいいよ。うちはインドから（インドネシアから、でも、タイから、でもいいのだが）買うから」とは言われたくない。資本も入れてほしい。友好的関係などというアヤフヤなものより、経済関係が平和的状況を作ることはまちがいない。

だからといって、金とものだけでもないのだが、金とものが付随しない友好はほとんどないのである。外国で何かを人に頼んで「ありがとう」だけ言えばいいものでもない。たいていの人が実利（チップ）を期待している。

もっともそう書いていたら、そうでないケースもたくさん思いついた。その一つ——。

イスラエルにはたくさんのアラブ系の子供たちがいるが、彼らはろくろく学校にも行かずに名所で絵葉書などを売り歩いている。中には、売るついでに、間抜けな旅行者がいれば財布を失敬する場合もある。

ある年、私は毎年恒例になっている身障者の人たちとイスラエルで聖書を勉強する旅に出た。身障者も健常者も同じ旅費を払う。つまりボランティアをしながらの旅行である。

一台の車椅子には男性なら三人、女性なら五人がつくことになっていた。エルサレムの旧市内は石段だらけなので、車椅子を持ち上げるには、その程度の人手が必要なのである。

イエスが十字架刑を受けたというゴルゴダの丘の上には、今は聖墳墓教会という教会が建っている。アルメニア教会、ギリシャ正教、カトリックなどがいっしょになったごちゃごちゃの教会である。

その人込みの中で、私もその一人だった五人の車椅子要員はばらばらになってしまった。外へ出てきた時には、男の人が一人と、半端人足の私が一人だけ。しかも車椅子の人は、寒いから早くホテルに帰りたい、と言う。とりあえず一足先にバスに戻ることにしたが、一人半では、どうしても数十段の階段を上げることができない。

私は思いついてガイドさんに言った。

「あそこにいる絵葉書売りの男の子に、片方の車輪を持ってくれるように頼んでみていただけませんか？」

私は心の中で、時には少し狡《ずる》いようなことをする子供に、きちんと働いてお駄賃をあげれば、それは正当な労働報酬になるのだから、そのほうがいいだろうと思ったのである。

彼はＯＫとも言わなかった。しかしいきなり、片方の車輪の枠を持って、階段を上がり始めた。その力とひたむきさは、たとえは悪いが、主人に忠実な犬が斜めになって車を引く姿に似ていた。私も夢中で車を持ち上げながら、傍らを歩いているグループの一人の婦人に言った。

「申しわけありません。私は手が放せないのですが、二ドルほど拝借できませんでしょうか。階段を登り切ったところで、この子にやりたいので……」

その人は快く、「はい、わかりました。ご用意しておきますよ」とハンドバッグを開けて、お札を出しておいてくれた。

もう何年もエルサレムに行っているのに、私はいまだにその迷路のような旧市街で、どこで階段が終わりになるのかわからなかった。しかしとにかくある地点まで来ると、この少年は突如として飛鳥のように身を翻《ひるがえ》すと、車椅子をそこにおきざりにして帰ってしまおうとした。私は少年を呼び止めるのが精いっぱいだった。あたりは市場の近くで喧《やかま》しかったので、私は走って行って少年の肩を捕まえた。私がやっとの思いで一ドル紙幣を二枚少年に持たせると、彼はすぐに姿を消した。

この体験と記憶を私は決して忘れない。私たちは彼らに心を許していなかった。そして一面では、確かに彼らは、時々小さな悪いこともやった。いや、どちらが悪いのかわからない。とにかく間抜けなハンドバッグの持ち主からは、ちょっと中身を失敬してもそれは持ち主の責任なのだ、という程度に……。

しかし一面では、彼らは私たち日本人が受けたことがないほどの奉仕の精神をしこまれていた。歩けない人が、彼らの生活の場である荒野で放り出されたらどうなる。その時は、誰かが担がなければならないではないか、という現実を習うのだ。それは友好などという甘い選択で行なわれるものではない。友好は、嫌なら止《や》めればいい。しかし人の生命を、荒野で放り出すことはできない。

だから彼らはただで私たちを助けることもしてくれるし、同時に時々はすさまじい阿漕《あこぎ》なこともする。かつて遠藤周作氏といっしょにイスラエルへ行った時、この手の子供の一人がバクシーシをもらいにきた。バクシーシは「心付け」というような意味だが、何も働かなくてもつまり「お金を下さい」ということになる。日本風に言うとこの行為は乞食である。しかし彼らにすれば、金もらいも一種のゲームで、うまく行ったら儲けもの、もらえなくてもともと、という程度の遊びである。

遠藤氏は一人の子供に小銭を与えた。そして作家の眼で、その子がどこへ行くかを見ていた。するとその子は、辺《あた》りを一巡すると、また他の子に紛れるように遠藤氏の元に戻ってきて「バクシーシ」と手を出した。

遠藤氏が「お前はさっきもらったじゃないか」と言うと、彼は少しも慌《あわ》てず、「さっきのは僕の弟です」と言ったというのである。その頭の働きか機転かは、とうてい日本の子供の比ではない。

こうした狡さは、しかし生きるための否応《いやおう》ない社会の仕組みの一環としての行為なのである。だから私たちは、彼らの働きに対して、それは友好だから、「サンキュウ」とだけ言っておけばいいというものではないが、さりとて彼らがいつも金だけで動くわけでもないことを知るべきなのである。


私はこうした複雑な心理をどれほど中近東・アフリカの土地から学んだことだろう。生きることが基本的にむずかしい土地ほど、人々は物質的にもなり、同時に優しくもなる。「アフリカには孤児がいない」という言葉を私は何度も聞いた。孤児ができると、必ず親戚の誰かが引き取ってわが子同様に育てる。社会保障のない国では、そうするよりほかに、孤児の生きる道はないのだ。

私は長い間それを一つの美談として信じてきた。しかしそれは彼らの食事が、大きな一枚の皿に一斉に手を突っ込んで食べる風習と関係があるからだ、と考えるようになった。一家の母はいつも同じだけの量の食事を作る。それを何人が食べようと、そんなことに頓着《とんちゃく》しない。一人増えても、要するに皆は皿の上にある分を食べるだけだ。だからアフリカでもやはり飢饉《ききん》の時の孤児、エイズで死んだ両親に残された子は見捨てられるのである。自分の貴重な食料を分け与えはしないし、感染を恐れるからである。

かつてエジプトのサダト大統領は、イギリスとエジプトとの関係の歴史的な変遷を聞かれた時、「この世には永遠の敵はいない」と答えた。しかしその言葉はほんとうは「この世には、永遠の敵も、永遠の友も、いない」という言葉の一部だったのである。日本人の視点、日本人の教育の視点には、こうした大人の思慮の苦さが欠けている。つまり勇気を持って真実を告げることをしないのである。そしていい年をして誰をも敵視せず、相互の協力や協調で国際社会に貢献する、などと子供のようなことを言う。

いつになったら、日本人は現実を子供に教えられるほどに成長するのか。ベストなどということはこの世にない。私たちはただベターを探し求めるのである。

第八話　タリバンの生活

二〇〇一年の夏、私は新疆《シンチャン》ウイグル自治区というところまで長い気楽な旅をした。何しろ上海《シャンハイ》空港までは飛行機で着いたのだが、それから二十二日間、一万六千キロに及ぶ中国大陸の旅はすべて列車かバスで移動したのである。二十二日間もの旅と聞いて、まず皆は呆《あき》れ、「そんな長い旅はヒマ人じゃなきゃできないよ」とアイソを尽かし、その癖、費用が二十六万円と聞くと、「それならボクも行けばよかったな」と浅ましいものであった。

この旅行の企画者は私の息子で、関西の尼崎《あまがさき》にある英知大学という私大で教えている。彼はこれまでにも研修の目的で、あまり人の行かない土地へ学生を連れて出かけていたそうで、離れて暮らしている私はおぼろげにそういう旅行をしているとは聞いていたのだが、今まであまり実感がなかった。今度誘ってくれたのは、私たち夫婦がもう僻地《へきち》に行ける限度の年齢と思ったのかもしれないし、安いツアーを成立させるための員数《いんずう》合わせに使ったのかもしれない。いずれにせよ、私たちにすれば、学生さんたちといっしょの旅行をさせてもらえて、大変楽しかったのである。

私たちは教師としての彼の目的のほんの一部を知っただけなので、そのことを書かれると迷惑なのかもしれないが、彼は、いわゆる西域文化を牧畜民の文化の交代が繰り返された土地の上に捉え、かつタクラマカン沙漠という文明と反対の極にある土地を若い人たちに見せたかったのだろう、と私は推測している。しかしもっとくだけた言葉で言うと、学生たちを、いわゆる原始的な生活ができるように訓練する、という目的も持っていたようである。

私は五十二歳の時にサハラ沙漠を縦断した。もちろんラリーではなく、ゆっくりと沙漠を知るために、六人のメンバーで沙漠仕様に整備した国産車二台を使ったのである。だから全く自然そのものであるサハラについてはよく知っている。しかし西域やタクラマカンは古くから文明の交易路であった。それがいつからか、私には正確に言えない。三千年前から？　いや、二千五百年前から道は確実に開けていた、と言っていいのだろうか。

しかし私はトンチンカンな質問をして息子にバカにされた。「寝袋を持って行く？」などと聞いたのである。旅人がいる限り、そこには自然に宿場ができる。いわゆるキャラバン・サライである。私はキャラバン・サライの原型を、インドでも中近東でも幾つか見た。廃墟《はいきょ》に近い遺跡として残っているものもあるし、現代でも、その形態をわざと残している建物もあった。キャラバン・サライは、必ず四角い外壁を持った一種の砦《とりで》であった。高い壁の内側に部屋が並んでいて、一部に大戸がついている。夜になると、その大戸には盗賊を防ぐためにがっちりと閂《かんぬき》がかけられ、井戸のある中庭には火が燃やされて、客たちはその周囲を囲んで諸国の情報を集め、浮世の話を聞いて我を忘れる。キャラバン・サライも、町自体も、その発生はすべて外敵を防ぐ砦だった、と私は知ったのである。

昔からキャラバン・サライがあったところなら、今でもホテルがあると息子に言われて、私は納得した。

「しかしひどいホテルかもしれないよ」

と息子は言った。

「電気はあるの？」

「電気はある」

「じゃ、水が出るでしょう」

「お湯も出るよ」

私は拍子抜けした。私はアルジェリアの南部で、水も電気も食堂もない、部屋の床にまで吹き込んだ砂が溜《た》まっているようなホテルに泊まったことがあった。

息子はそれから少しずつ学生たちの訓練の目的を話した。旅の第一の目的は、当然のことながらその土地を知ることにある。その土地のものを食べるのもその一つの手段だ。だから、学生には自由に嗜好品《しこうひん》を持ってくることを許していない。

「ほっておくと、お湯をかけるとおにぎりになるんだの、インスタント味噌汁だの持ってきて、荷物がどんどん増えるでしょう。だから持ってきてはいけないことにしてるんだ」

それでも私は息子の言いつけに背《そむ》いて、少量の違反食品を荷物の中に隠し持った。レトルトのご飯、梅干し、インスタント味噌汁、海苔《のり》、佃煮《つくだに》、などである。私にも言い訳はある。私は別にこれらのものを自分が食べたかったのではない。しかし今まで旅行の途中食中《あた》りをしたり、肝臓が悪くなったりした人は、現地の食事を全く受けつけなくなるのである。そういう時、少量の日本食で危機が救われることもあり得るかと考えたのである。

しかし旅をしていると、次第に私は息子の意図も、のびやかな学生さんたちの反応も、過不足なく感じられるようになってきた。

上海からトルファンまで四十九時間の寝台列車の旅で、私は視界に入るものすべてが泥色という光景を見た。家も道も畑もすべてが徹底して土埃《つちぼこり》に塗《まみ》れているのである。そういう状態はもちろん、辺りに舗装道路もなく、土地が乾いていることを表している。

「土を汚い、と思ううちはだめなんだよ」

と息子はぽつりと言った。

その感覚が残っているうちは、そういう世界に対して身構えたり、その土地を拒否したりする姿勢から抜け切れない。つまりそのことを意識している。意識することは自然体ではない。そしてその世界におかれると休まらないで、疲れるということなのだ。

話は少し脇に逸《そ》れるが、九月十一日のアメリカの同時多発テロ事件以来、私がテレビの画面で注目したのは、アフガニスタンの大地、タリバンたちが生きる世界だった。

「オサマ・ビンラディンはどこに潜んでいるかって?」

私は答えを見つけていた! 彼は間違いなく水場かその付近にいるのだ。水のないところに人は住めるものではない。最初に彼が潜んでいるだろうと言われた土地は、ダムの建設によってできた湛水池《たんすい》のように見える湖の傍《そば》だった。

オサマのような最高指導者や幹部の暮らしは特別だろう。彼らの潜む洞窟《どうくつ》や隠れ家には、もちろん発電機によって電気もある。オサマ・ビンラディンという人物はけっこうな見えっぱりだから、皮の背表紙をつけた文学書か哲学書の並んだ書棚の前で写真に写るのだ。しかしその本は、全く読まれた形跡がない。私の持っている全集は、巻によっては背表紙の字も消えかかるほど読まれているが、全く開いたことがない巻もある。つまり背表紙の手ずれ方には差異があるのが自然だ。しかしオサマの背後の書架の本はどれもきれいに揃っている。その程度の暮らしが荒野の中でもできるのだ、と彼は示したいのだろう。

しかし一般のタリバンの兵士たちの日常は凄まじいものに違いない。あくまでも乾いた土地である。電気もないから、つめたいコカ・コーラ（アメリカ文化の悪の象徴だ）も、テレビも、テレビゲームも、Eメールもない。キャンデーもチョコレートもない。食料は来る日も来る日もパンと塩辛い山羊《やぎ》のチーズなどだけだろう。もっとも毎晩のように空の半球に豪勢にちりばめられた星は見える！

そんなところで楽しみは何か。セックスと戦争だ、と言ったら誰かは、あの光景から推察するに、あそこにはセックスもないでしょうなあ、と言った。

オサマは風呂には入らない。彼は洗濯をした衣服を身につけるかもしれないが、若い兵士たちは、体も服も洗わないだろう。彼らが友とするのは、大地、土、埃、暑さと寒さ、ノミと家ダニ、風、星、照りつける太陽だ。彼らは大地にしゃがんで排泄《はいせつ》をする。大地はどこもトイレだ。そして彼らは私たちの暮らしを聞いたら侮蔑《ぶべつ》し憐《あわ》れむだろう。たかだか一平方メートルもないようなみじめな囲いの中で排泄をするのだって？　そんなところでは、出るものも出なくなるだろう、と。

排泄の後は何で始末をするのか。紙などあるわけがない。水もない土地だ。しかし石がある。石ころがある限り、ことは解決する。

「だからね」

と一人のばかな男が笑った。

「トイレの落とし紙が散っているところをめがけて爆撃しようってもダメなんだよ。それからトイレの臭気探知機を働かせて、オサマとその一党の隠れ家を捜そうとしても無理だね。ひどく乾燥している土地では、数分でウンコは乾いて匂わなくなるんだから」


この地球上の大部分で、人々は大地の土の上に平気で座る。南インドで四百人の婦人たちが急遽《きゆうきよ》集まったことがあった。文化会館もホテルの宴会場もない土地だ。しかし疎林の中の空間で充分だった。彼女たちは、晴着のサリーのまま土の上に楽しげに座っていた。

赤道直下のアフリカでは、まるでシュヴァイツァー博士のランパレネーのような（と言っても私は行ったことがないのだが）病院が時々ある。そのような原始的な病室では、荷物一つない病人が普段着のまま、ベッドを取り囲んだ心配そうな親族の視線の中で寝ている。多くはマラリアやエイズの患者である。そして食事時ともなれば、病院では給食をしないから、家族は、外に作られている竈《かまど》で、病人と自分たちの食事を作る。その時の薪《まき》の香ばしい懐かしい香りに、私はしばしば心を打たれたものであった。

そしてそれから、家族たちは、一つの大きなお盆に載せた食べ物を、皆して手を突っ込んで食べる。その時には、皆が病室の床、病棟の外の大地にじかに車座に座って食べるのだ。病室の外の廊下で食べていた人たちを見たこともある。その前を通る人たちが蹴立《けた》てる埃は、さぞかし病原菌だらけだろう、と私などは想像するのだ。

今回の研修旅行で、私たちは時々ガソリン・スタンドでトイレを使った。日本では見たこともない凄まじいトイレであった。深い穴が掘ってあって、その上に板が並べてあるだけのものである。だから穴の深さに恐れを抱く人もいるだろうし、中に落とされているものを眼にしなければならないことにたじろぐ人もいるだろう。

昔の中国のトイレは仕切りなし、ドアなしだったのである。それが今では、隣の人との間に腰までの高さの壁が作られているところが多くなった。トイレ専用の手洗いというものは今でもないが、ガソリン・スタンドにはどこかに洗車用の水があるので、私たちはぜいたくにも手を洗えたのである。

　しかし息子が学生さんたちに強《し》いたのは、何もない自然の空間で用を足すことであった。私たちは西部開拓時代のアメリカの幌《ほろ》馬車隊と同じ礼儀を教わった。「紳士は左、淑女は右」と馭者《ぎょしゃ》（今はツアー・コンダクター）が声をかける通りに道の左右に散るのである。もっとも左右は時と状況に応じて決められた。遮蔽《しゃへい》物が多い側が女性用になるのである。

　あの汚物と凄まじい臭気に対面するトイレより、こうした大地自体がどこもトイレというほうが、どれほど気持ちがいいかしれない。私がタリバンの「たった二つ」のぜいたくと思うのは、野外のトイレと、恐らく夏だけに許される満天の星空の下で眠ることである。日本で戸外に寝ようとすれば、夜露が多いから、服も掛物もしとどに濡れて、とても寒くて寝られない。

　しかしモンゴルのゲルと呼ばれる包《パオ》に泊まった時には、私はこの問題をどう解決すべきかわからなかった。包の入口から見て、どちらかの方角が神聖だというようなことでもあれば、そんなところでトイレをしたら失礼に当たるから、避けなければならない。私は同行のモンゴル文化に詳しい人に尋ねたが、そういうことはない、とのことだった。

夜中になると気温が下がり、霧雨にしてはちょっとした降りになった。遮蔽物らしいものは見渡す限りない。タリバンのトイレット・ペーパーが石だとすると、ここは草である。しかしその草はしとどに濡れている。泥まみれの濡れた草で処理して、それで日本人はさっぱりしたと思うかどうか。もっとも中近東の乾燥地帯にもモンゴルにも、石も草も使わず排便の後そのまま放置する人がいる、とも言うが、私は彼らと生活を共にしたことがないので真偽のほどはわからない。それでも済んでいるのは、少なくとも中近東は恐ろしく空気が乾いているから、すべてのものがたちどころに乾いて雲散霧消《うんさんむしょう》するからだろう。

広大な大地の上で、自然な行為をすることを自由と言うべきなのかどうか私はまだためらっている。それを許すためには、最低限、人口が稀薄であることが必要だ。しかし少なくとも私はまだその手の「自由」を楽しむ境地に達していない。モンゴルの冬は、生のバラの花がそのまま凍るという。そうでなくても、雨が降ったり、風が吹いたりする中で、必ずゲルの外へ出て行ってトイレをしなければならない、ということは、私にとっては自由どころか、一つの大きな心理的負担だ。仮に、携帯便器を使うとしても、それはそれなりに衛生面で抵抗がある。こうした心理的負担を私たちは「不便」というのである。

息子は今度の旅行で、若い人々が野原で用を足せる心理的条件を整えることも、一つの目的にしていた。地球上の多くの人々はまだそのような暮らしをしているのだから、その現実がわからないと、理解も不可能である。特に不潔なものをいじったというわけでもないのに、すぐ手をウェットティッシュで拭く日本の若い人たちは一つの病気にかかっていると彼は言う。彼はそれを「ウェットティッシュ症候群」と名付けていた。その症状をなくすことも訓練の中に入っていた。

もちろん清潔が感染症を防ぐことはほんとうだ。しかし健康な人間には、免疫という力を備えていることも医学的に言われている。

私たちはその狭間《はざま》で生きるのだ。時と場合によって使い分けることができねばならない。ティッシュ・ペーパーなどない土地の人々は、指さえも汚さずにみごとに「手鼻」をかむ技術を知っている。それが清潔とは言えないが、今までさんざん述べてきたように、人間は時には不潔の中で生きているのだ。
今風に言えば、若い人たちには一度タリバンの生活をさせろ、ということになる。

第九話　人間か猿か

教育というと子供のためのものだと思いがちだが、実は大人にも死ぬまで必要なものである。

もちろん多くの人がその必要性を知っている。ここ二十年ほど、と言っていいだろうか、生涯学習ということを人々が文部省指導型ということではなく、日本全国で自発的に考えるようになり、事実多くの人が何らかの学習の機会を生活の中に取り入れている。大学の教室に社会人を入れているところは、教室の空気もよくなるという。自分より厳しい大人の眼に「見られている」という一種の緊張感で、私語や、居眠りや、ケータイを使うなどという、だらけた空気をなくす効果があるらしい。

しかし私は、最近外国に行く度にしみじみ思うことがある。それは日本人は世界的にかなり会話が少ない民族性を持っているということである。

少ない、ということには少し解釈をつけ加えるべきだろう。性格的に無口という人は、どの国にもいる。言語上の問題もある。たとえば私がアフリカのマサイ族の祭りの席に一人放り出されたら、私は周囲の人ににっこりするか、彼らの踊りや歌に拍手を送る以上に、通訳をしてくれる人がいない限り、会話をすることは不可能である。

いや、よく書いていることだが、にっこりすることが、善意と友好の表現、ということには必ずしもならない土地もある。アフリカの広範な地域では、私たち「外国人」は皆悪魔の眼を持っていて、微笑やその他の行動でそれに見入られると、悪魔が彼らの体に入り込み、それによって病気をしたり、時には死ぬこともある、とされているのである。

私たち自身が「私は悪魔じゃありません。したがって悪魔の眼も持っていません」と言っても、相手がそう信じ込んでいるのだからどうしようもない。悪魔はことに、美しいもの、か弱いもの、人が羨《うらや》むようなものにとりつきやすい、と思われている。新婚の夫婦、若い美しい娘、生まれたての赤ん坊などがそれに当たる。したがって私たちがともすれば笑顔を向けたくなるようなこうした対象に微笑することは、避けなければならない文化を持つ土地は多いのである。

話し合いによる平和を実現しようなどと簡単に言う人々こそ、実は平和の敵だと私は思うことがある。平和などというものは、そんなに簡単に実現することはない。百人が死ぬかもしれない状況を、十人が死ぬことでせめて食い止められるなら、という厳しい現実に対処するのが政治というものだろう。

話題が逸《そ》れてしまったのは、会話、乃至《ないし》は対話というものが、極めてむずかしい場合もある、という前提を明確にしておきたかったからである。

それに加えて、世界的なレベルでも知能の高い日本人が外国語の会話の才能のないことは、信じられないほどである。多くの大学教育を受けた日本人が、食事の席で外国人が両隣に座った場合、片言でもいいから何か自分独自の世界観、哲学、信条、ある国や土地の印象、家族の姿などを述べられるという例は、極めて少ない、と言うべきかもしれない。彼らはどうしようもなく、ただ黙ってご飯を食べる。食事の時には、フォーク・ナイフの使い方と同じくらい、その場に適切な、適度な会話を続けることが必須条件だ、ということさえ学校で習わなかったからだと言える。なぜなら、学校の教師自身に、それらのことのできる人がほとんどいないのだから仕方がないのである。

この結果、日本人は、外国語の世界では、普通程度の知能さえ持ち合わさない人として遇される羽目になる。何も言わずにただ黙々とものを食べているだけの人物を、一人前の知識人として認識することは誰にとっても無理がある。


語学教育は、小学校からやらなければ無理だろう、と私は自分の体験からそう思うのだが、これにはさまざまな異見がある。その一人は私の夫で、私が初めて英語に接したのは幼稚園の時なのだが、それから実に十七年間も英語を勉強しても、中学校から始めた自分より英語の語学力がないじゃないか、というわけだ。

私の英語はほんとうに困ったもので、五歳の時に英国人のシスターから習ったものだから、純日本製の英語より少し発音がいい。そのために多くの外国人が勘違いして、私は英語が達者なのだと思いこむ。しかし事実は、途中に大東亜戦争があって、私の英語の勉強は「敵性国の語学を学ぶ必要はない」という愚かな我が文部省の方針のために表向き中断のやむなきに至った。いいわけがましくなるが、それがちょうど一番語学力が身につくと言われる九歳から十三歳の間なのだから、私は国を訴えてもいいと思うくらいだ。

そのうえ私は小説に夢中になり、文学以外の一切の勉強をなおざりにしてしまった。つい六、七年前までは、夫にどんなに言われても、毎日英字新聞を読むのも嫌だった。今は少し語学力がついて、毎日一紙だけは英語の新聞を読んでいる。

しかし私はやはり語学が苦手だ。食事の時、両側に外国人の男性が座ると、私は自分の職業を紹介し、「怠け者で学校で勉強しなかったものですから、英語もだめでした」と言い、それから相手が何者かよくわからない時は、「どんなお仕事をしておいでですか」と尋ねる。銀行マンでも証券会社の社員でも、私がその世界のことを知らない点では、同じことだ。しかし私は時間稼ぎと自分から喋らなくて済むように相手に質問する。たとえば今の時代だったら、

「経済がわかっている方だったら、バブルの崩壊を予見できたのですか？」

などともっともらしく聞くのである。

すると相手は何しろ自分の専門分野のことだから、とうとうと語り始める。私はたいてい六割、時に七割、時には五割しか相手の話がわからない。しかしわからないことがばれないように時々、ちょっとした単語を捕まえて「すみません。××という言

葉は、どういう意味ですか？」と質問する。外国人でしかも実生活に迂遠《うえん》な小説家だ。わからなくて当然、とばかり相手は必ず寛大に答えてくれる。

そんなふうにして、私はほとんど実は喋らずに相手に語らせることで、その人の相手をしたことにする。もしその中で、ほんの少しでもそのことと関係づけられそうな状況を見つけたら、

「中国の孫子も同じようなことを言っていますね。兵法と経済はやはり同じ戦いの原則を持っているのですね」

くらいのことを言う。するといかにも私は中国の古典にも通じているように見えるのだ。しかしついでに私はつけ加えておく。

「でも私はどうも孫子にはついていけません」

「なぜですか？」

と相手は尋ねる。

「私は小説家ですから、いつでも例外に興味があるんです。原則は私にとって端正すぎて、信用するのが怖いんです」

こんな程度でも、食事の会話は済むのである。これが日米○○交渉だったら、とう

ていこんなことでは済まない。しかし多分、その人物は帰ってから奥さんに、

「今日、僕の隣に座った日本の小説家、やっぱりおかしな女だったよ。もっともジェフリー・アーチャーもおかしな人物だからね、大物でも小物でも、小説を書くなんて奴は、全部片寄っておかしなもんだね」

などと報告するのである。

別に円満具足と言われることはないのだ。おかしくても変人でも、とにかく人間として喋ることがある程度あれば、その人は人間なのである。しかし黙っているのは、人間ではない。それは猿に近い。

教育によって、日本語でも、簡単な外国語でも、とにかく、他人と喋ることのできる人間を作らねばならない。喋るというのは喋る機能も必要だが、現実には声のない人でも立派に筆談によって喋ることはできるのだ。

私の働く日本財団は、アメリカの聾唖《ろうあ》の大学としては世界的に有名なガローデット大学で学ぶ各国の留学生に奨学資金を出しているが、彼らの手話の速さは、その翻訳の英語を私がしばしば聞き取るのに困難を覚えるほどなので、ほんとうに驚いたことがある。つまり手話という伝達方法は、その人の意思を伝えるのに、声を出せる人と

比べてほとんど遜色《そんしょく》がないということである。

するとき会話ができることによって猿でないことを示すには、どうしたらいいのだろう。

しばしば外国人との会話は、語学力よりその人の内面の深さが問題だという。教養と言ってもいいのだが、日本人は厳密だから、アカデミックな学問に関係したことでないと、教養と言っても承認しない人が多い。

しかしたとえば、日本にしかない畳職人という仕事に従事して一生生きてきた人が、外国人と食事の席でいっしょになり、畳とはそもそもどのようにして発達し、どのようにしつらえられ、場所によってどのようなしきたりがあり、どのように製作されるかを話したら、隣席にいる外国からの客人は、大学教授であろうと、文明評論家であろうと、それが一流の人物なら非常な感銘を受け、祖国に帰ってからも、今度の日本訪問の最大の収穫は、この人に会って畳の文化について聞けたことだ、と誰彼となく吹聴《ふいちょう》するだろう。

一流の人物なら、と限定したのは、政治家であろうが学者であろうが、世に言う権威主義者は、職人や小説家などには興味を持たず、大臣や大会社の社長なら評価する、という態度が多いからである。明治の昔なら「通辞《つうじ》」と呼ばれた通訳などなかなかいなかったものだから、こういう楽しい意外さに満ちた出会いも不可能であった。しかし今では親戚の姪《めい》っ子がアメリカの大学に留学したことがあって、少しは通訳もできるということもあるし、正式の席なら、必ず後ろに専門の通訳がついて、どんな複雑なことでも驚くほど正確に話を伝えてくれる。

実にこうした教養人が驚くほど少なくなったのは、皆が本を読まなくなったからなのだ。大人たちが若者と時代に迎合《げいごう》して、今はテレビで充分な知識を得る時代だ。コンピュータゲームをいけないと言うのはものわかりが悪い証拠だ、インターネットとEメールは全く便利でこれを使わなければ人間ではないというのもほんとうだ、などと調子よく相槌《あいづち》を打った結果である。つまり大人は子供にそういう形で迎合し媚《こび》を売ったのだ。

インターネットが便利なのはわかる。しかしその知識はまことに浅薄《せんぱく》な範囲だ。一年経ったら古くなる知識も多い。そうでなければ、せいぜいで百科大事典に書いてある程度の知識だ。誰でもが簡単に手に入れられ、使える程度の知識は、何の特徴にも専門にもならない。もっと下品な言い方をすれば、それに対して世間は特別な対価を払おうとはしないのである。ハッカーの行為は悪いものだが、コンピュータでもハッカーになれるくらいの才能がなければ、専門家ではない。そしてコンピュータに関してそんな特異な才能を持つ人は、世間にほとんどいないのである。

だから私たちは本を読まなければならない。テレビだけではダメなのだぞ、テレビとコンピュータだけで生きていたら、その人は決して指導者にも専門家にもなれないのだぞ、と親も教師も言わなかった責任は大きい。

言わなくてもいいのだ。模範を示す、というやり方がある。しかし今の教師は教師自身が本を読んでいない。忙し過ぎるからだろうと同情はしてはいるが、教師が毎日一言でも、自分が読んだおもしろい本の話をしてやれれば、生徒たちは読書の魅力を察するのである。

私の家は、父は大学出だったが、母は田舎《いなか》育ちでしかも家が傾いたものだから、東京に出てきた後も、ようやっと裁縫を習わせるのを目的にした女学校を出ただけである。父の書棚にはケインズの経済学の本などがあった。母は文学少女で、日本文学と世界文学の全集が並んでいた。

それに昔は今よりいい時代であった。遊ぶ方法が今ほどなかったのである。テレビももちろんない。ケータイどころか、普通の電話さえない家が多かった。ラジオはあったが、父が浪曲を聞いていると、私は必ず退屈して眠ってしまった。映画はあったのだが、初期の頃は白黒時代で、しかもそんなにしばしば連れて行ってもらえるわけでもなかった。

だから娯楽は読書だけだった。私の育った古い日本風の家は隙間風《すきまかぜ》だらけで冬も寒かったのだが、「お座敷」と呼ばれる部屋の縁側だけはよく日が当たってぬくぬくしていた。私はそこに寝ころがって退屈凌《しの》ぎに文学全集を読んだ。たまたま読み出した本がおもしろいと、学期の試験の前でもやめられなかった。私は試験勉強そっちのけで読みふけり、母が部屋に入ってくる気配を聞くと、さっと教科書の下に小説の本を隠した。そんなふうにして、私は文章の書き方を知らず知らずのうちに少しは会得したのだろう、と思う。

今の母親たちはどうだろう。私の周囲には私よりよく本を読んでいる人もいるが、多くの女性たちは、美容院でお噂記事満載の週刊誌を読むだけである。お噂というものは七、八〇パーセントでたらめなのだから、私たちはもっと働かせなければならない脳味噌を、嘘のデータを元に考える作業に使っていることになる。

その点、科学も、哲学も、文学も、間違いない。どんな本を読んだらいいのでしょう、と聞く人がいるが、本屋でページを捲《めく》ってみて「おや」とか「ふうん」と思う本だったら買えばいいのである。こういう小さな感動を覚えることを「(心の)琴線《きんせん》に触れる」と言い、間違いなく人間の心の所業《しょぎょう》である。

今、教師と親ははっきりと「テレビゲームとマンガ本だけじゃバカになる。本を読みなさい。本も読まないようなのは人間じゃない」と言うべき時に来ている。読書の時間を作っている学校は、学級が荒れなくなり、子供たちも静寂と沈黙に耐えられるようになっているという。彼らは初めて考え、話す種を持ち、その結果として猿ではなくなるのである。

第十話　今日は夫の結婚式

最近、家庭というものがなくなった。子供は家へ帰っても、アルバイトに出ているお母さんはまだ帰っていなくて、鍵っ子になる。お父さんの帰りも遅い。ご飯の時には、母も子もテレビを見ているから、お互いの会話はない。朝も、子供が一人で起き、何も食べずに出て行く家も多いという。食事にしても、昔は一家が同じものを食べた。朝はご飯に味噌汁、梅干につくだ煮。他にチョイスがなかったのである。しかし今の子供たちは、食べたいものがバラバラなうえ、他の人に合わせる、ということもしない。

家庭がなくなった、と言ったら、「アパートで庭がなくなったから、家庭もなくなったんですよ」と言った人がいた。確かに庭は、どんなに狭くても、それなりの手がかかるから、そこに落葉掃きや草取りを分担する家族の立場もはっきりして、やはり教育的な面はあるかもしれない。

家庭は最初に個性がぶつかるところである。家庭は休むところだとは言うが、決して思いのままにはならない。行こうと思っているうちに、弟に先にトイレに入られてしまった。母親が勝手に物を片づける。父親が呑《の》んべえの客を連れてきて、その客がまたいつまでも帰らないものだからやかましくて眠れない。

子供たちが、この最初の教育の場である家庭からあまり学ばなくなった理由はいくつもあるが、一つは個室を与えられるのが当然ということになったからだろう。昔の修道会の修道士たちはどこでも個室というものを与えられなかった。個室どころか、どこでも、何をするのも、他人といっしょである。「Vita《ヴィタ》 communis《コムニス》 est《エスト》 mea《メア》 maxima《マクシマ》 paenitentia《ペニテンシイア》（共同生活こそ私の最大の苦しみである）」とベルクマンス（イエズス会修道士）が言ったのは、この特殊な世界で修行することの本質を衝いている。つまり、我々は自他の人間性にまみれて暮らさねばならない、ということである。

お互いに相手の存在を意識して暮らすことは幸福か不幸かと言えば、そのどちらでもある。中国にも、マレーシアにも、インドネシアにも、大家族が一つ屋根の下に暮らす生活がある。私が会ったエジプト人のガイドは自分の家に連れて行ってくれたが（それが嘘でなければ）ちょっとしたマンションほどもある集合住宅であった。そこには一族八十人ほどがいっしょに住んでいるという。庭は荒れた公園のようで、子供たちが二十人近く遊んでいた。皆、彼の甥《おい》や姪《めい》や従兄弟《いとこ》の子供たちである。

イスラム教徒は四人まで妻を持つことができるから、こんな大家族システムでなくても、二十人くらいの家族になることは珍しくない。四人まで妻がいることは社会的にも納得しているはずだが、やはり妻たちは夫がもう一人妻を娶《めと》るとなると決して心中穏やかではないという。イスラムの婦人が不定愁訴で診察を受けにきたので、よくよく聞いてみると「今日は夫の結婚式です」というケースがあった、と日本人の医師が話してくれた。

大勢で暮らせば寂しくない。その代わりに妬《ねた》み、不満、反感などがいつも家の中に渦巻いている。しかしそういう中で、人は究極の人間学を学ぶだろう。

心理的、経済的に、貧困と潤沢の双方の中で、子供たちは人生を学ぶ。とにかく現実的に刺激をシャワーのように受け、その結果に苦しまなければ人間は決して成長しない。

それなのに、である。今の子供たちは、健康な頭と体を持っていても、ガラス箱の中に入れて、育てるというより「隔離培養」されているように見える。

勉強などというものは、資質を育てるほんの一つの手段でしかないのに、親はそれが全部であるかのように思って、勉強させることにだけ精力を注ぐ。お勉強のためなら、いい部屋を作り、家事の手伝いは一切させず、勉強をしてもらう代わりに子供が欲しいものは見返りに買ってやることになる。子供は親のために勉強してやっている、ということをちゃんと知っているのである。

しかし本来、勉強などというものは恩にきせてやるものではない。望んでさせていただくものである。世界には勉強したくても貧しいので、畑を手伝ったり、羊の番をしなければならない子供たちもたくさんいることを、親も実感しないし、子供に話してもやらないから、子供は自分の置かれているぜいたくな境遇を理解できないのである。

ご飯の時おかずに文句を言ったら、世界には今夜食べるパンさえない子供がたくさんいることを話して、さっさと食事を取り上げて、一食くらい与えなければいい、と私は思う。しかしこういう考えは、現代では受け入れられない。「食事を食べさせなかったら、子供はすぐにコンビニへ行って好きなものを買ってきて食べます」と親は言うし、「そんなことをしたら、それをきっかけに家出をするかもしれません」と恐れる人もいる。「家出するほどのお金が始終子供の手元にあるんですか」と聞くと、「お金がなかったら、万引きをしますから、もっと悪いことになります」という返事が来る。

子供はこのようにして冷暖房完備の家の中で、ホテルの宿泊客のようにして育てられる。掃除もせず、ベッドもなおさず、洗濯もせずにである。室内電話をかけてコーヒーを注文すると、母親が部屋までコーヒーをお持ちするという光景はまさにホテルのルームサービスと同じである。

子供に個室を与えるな、というのは、子供をせめて居間まで引き出せということだ。それで少しは浮世《うきよ》の風に当たらせることができるかもしれない、という苦肉の策である。健全な家庭なら、居間で父と母の会話を聞いていることだけでも、少しは思い通りに行かない人生の片鱗《へんりん》を見るだろう。

父親は、怠け者の親戚の家では娘がどうもうまく仕事が続かない、などということを喋るものだ。母親は、近所にあった二軒の八百屋のうち、朝も店を開けるのが遅く、夜も店を閉めるのが早かった店のほうが、最近つぶれることになったらしい、などという話をするのである。

こんな話を、昔から子供は、ずっと片耳で聞いていて、人生の片鱗を知ることになった。しかし今ではそんなことさえ、テレビをつけっぱなしで会話のない食卓では子供に伝えるチャンスがない。子供は親といっしょに食卓に着いていても、心はテレビの世界にいるのだから、家庭の食卓も見知らぬ人と隣に座って話をしない食堂と同じになっている。

子供が小さいうちから、食事中はテレビを消す、というルールを納得させねばならない。一つには、一つのことを集中してやる癖をつけるため、もう一つは、食事というものは、食物を摂取すると同時に、器とか、会話とかを楽しむ機能と義務があることを教えるためである。つまり人間は一人で暮らしているのではない以上、喋りたくない気分の時でも、無理して喋る義務がある、ということだ。

ほんとうは義務どころではない。私は大人の食卓に加えてもらったことで、どれだけ人生を学んだか知れない。耳学問は得になった。ただで、大学の講義以上におもしろい知恵を身につけさせてもらえたのである。

話してくれる人は別に知識人でなくてもいいのだ。いわゆる知的な職場にいる人ではなくても、それ故にこそ、むしろ重厚な人生を語ってくれることも多い。熊に遭遇したり、雪崩《なだれ》に巻き込まれたり、漁に出ていて時化《しけ》に遭ったり、炭焼きの小屋で手伝いをしたりする話は、多くの子供にとって未知の世界だから、胸を轟《とどろ》かせて聞くはずだ。そしてどこにもおもしろい生活はあるんだなあ、と思う。将来、大学の試験に失敗した時、こういう世界を知っているかどうかだけで、心に受ける圧迫の強さは違ってくるはずだ、と私は思う。世界は広いのだ、と私たちは早くから子供に知らせる義務がある。

今はまだ制約が多くてアパートやマンションで犬や猫を飼えるところが少ないのはかわいそうだが、動物を飼うということは、子供にとっていい刺激である。比べるのもおかしいことだが、昔は子供からみたら弟や妹を飼っていたのである。今は動物にその代役をさせねばならないほど、弟妹の数が少ない。

しかし犬にも猫にもそれなりに三百六十五日、雨が降っても、風が吹いても、してやらねばならないことがある。餌を与えることと、排泄物の掃除と、運動である。それは結構な仕事になる。子供が飼いたいと言い出したペットなら、親は子供に熱があるような日以外、その世話を代わってやってはいけない。生命に対する義務というものは、それほど有無を言わさぬものだ、ということを、身をもって感じさせるためである。

しかし最近そうした困難を避ける代替物が現れた。少し古くは「たまごっち」、最近では犬のロボットである。

老人のおもちゃならともかく、子供にこういうものをあてがってはいけない。テレビゲームも有害なものである。理由ははっきりしている。それはどちらも架空の世界だからだ。架空の体験、架空の冒険、架空の人生は、実人生と錯覚するだけでも有害なのである。

動物を飼うことは、動物が私の世界に入ってくることだ。盲導犬などの特殊な訓練を受けた犬は別として、動物は決して遠慮をしない。人間の都合より犬の欲望のほうが優先する。それがおもしろくないから、人間は「おあずけ」などを仕込むのだが、とにかく犬には日に一度か二度は、どうしても餌を与えねばならない。

私も東京一器量が悪いという評判だった雑種の猫と二十五年近く生活を共にしてきたが、彼女は時間になると必ず台所の一定の場所に来て、餌のお皿が出されるあたりの床をじっと見つめている。こちらがどんなに原稿で忙しくても、そんなことを察してはくれない。餌の料理人である夫や私がさぼって時間を遅らすと、自分はどうしてこういうろくでもない使用人を使っていなければならないのだろう、という顔をする。

家庭の中で王さまか女王さまのように育った子供たちを、ペットは現実に犬や猫の下男か下女の役に引き下げる。だから責任を持って世話をさせれば、いい教育だ。犬が夜中に啼《な》いて、ご近所の迷惑になりそうな時、それをどうして止《や》めさせるかは、将来、彼らが結婚して子供を持った時、赤ん坊の夜泣きをどうして解決できるかの予行演習である。これができていないと最近のように、「うるさい赤ん坊を絞め殺す」親に成りかねない。

しかしロボット犬ではこういう危機感がない。ロボット犬はこちらが吠えてほしい時しか吠えもせず、ウンコもオシッコもしないのだから、「事を解決する」練習には一切ならない。

ロボット犬は、百パーセント人間のご都合に合わせられる。電池を切れば、死骸《しがい》のようになる。ほんものの死骸ならほっておけば腐敗するから困るが、電池切れのロボット犬は、押し入れの隅に放り込んでおいても、別に不都合はない。気が向いた時だけかわいがり、面倒になったり飽きたりすれば捨てておけるというご都合主義の産物だから、子供の精神を荒廃させるのである。

最近、同級生の女性を引きずりこんで同棲《どうせい》し、面倒になると食事も与えず餓死させて平気だった男とその両親が逮捕された。こうした意識はロボット犬に対する精神の姿勢とそっくりである。


テレビゲームの悪をどうして人々はもっとはっきり言わないのだろう。あれは読書の時間を奪う。何より悪いのは、あそこでは、戦場で弾を撃たれても、生身の自分は決して傷つく心配がないことだ。崖からすべり落ちても、決して死なないことだ。

テレビゲームの中の冒険旅行では、我々は決してマラリアにかかることもない。しょった荷物も重くなく、暑さもなく、水がなくて喉《のど》が渇くということもない。冒険旅行には必ずつきまとう下痢に悩まされることもなく、非常に高い率になる自動車事故の心配をすることもない。

卑怯《ひきょう》極まるテレビの画面の向こう側の疑似体験に子供を慣らすということがいいわけがない。大河をゴムボートで流れ下る冒険をテレビゲームで味わわせるよりも、近所の小川に行って靴を脱がせて浅い流れを渡るほうがずっと濃厚な体験として子供の心には定着する。そんなことはわかっているのに、親たちは子供にテレビゲームをすることを禁じて、いささかの危険を含む実体験をさせようとはしないのである。

私は作家になって、いくらか人よりお金を儲けた。私は親から一円のお金も相続しなかった。しかし私は自分を育てるためにしたことがある。私は徹底して架空体験などに溺れず、すべていささかの危険を承知で常に実人生の小さな冒険旅行にでかけて行ったのだ。

それともう一つ、私はテレビゲームに使う時間を読書に使った。今では、あまりにも人は精神や魂の肥料である読書をしなくなって、知識も精神もやせ細っているから、私はあえて次のように言いたいのだ。

「金を儲けたかったら、本を読め！」

「出世をしたかったら、本を読め！」

と。

もっともこんな言い方をしたら「下品な言い方ですなあ。しかしそれくらい直截《ちょくせつ》に言わないと、世間はわからないかもしれませんなあ」と笑った人はいた。

今日からでも遅くない。自分を伸ばすために読書を始めて、そしていつかそのおかげで人生で「出世」できたと思った人は、私に手紙を書いてほしい。もっともその時、私が生きていたらの話だが……。

今は自分自身が何より大切で、社会も他人もそのことを認めて自分の希望を叶《かな》えるべきだ、と信じている子供や大人が珍しくない。こういう利己主義者は、個性が強いように見えるが、実は精神もひ弱で、個性も稀薄な、内容のない人物なのである。たった一人、その人らしい強烈な個性を育てたかったら、逆説めくが、他人の存在の真っ只中に常に自分をさらさなければならない。そしてある程度傷つかなければならない。満身創痍《そうい》の人が強く、味わい深くなるのである。

第十一話　マスコミ教育省

このごろの日本はリンチの時代である。

裁判はあまりに時間がかかり過ぎ、事件の本質がわからなくなる頃に結審されることも多い。弁護士にも判事にも非常識な人が増えたうえ、検察庁の活動もはっきり見えないのか、マスコミが代わってリンチ同様にすばやく相手の非を暴き立てる。不正確なスキャンダルの段階で相手を裁いても、まだしもそのほうがいいや、と民衆は思いかねない状態になった。最近の田中真紀子前外務大臣と外務省の確執をきっかけに、鈴木宗男、加藤紘一、辻元清美などの諸氏が、国会の舞台でもみくちゃにされ、あるいは退場させられる次第を見ていると、とても法治国家のやることではなく、パパラッツィ社会の決着のつけ方としか思えなくなってくる。もっともそれに相応するくらい、政治家たちの金銭感覚もおかしい、ということもあるのだろうけれど。

おかしいのは外務省だけではない。文部科学省も反応の鈍い役所になっている。先日、こんな記事を読んだ。

二〇〇二年四月五日頃の新聞数紙に、アジア上空に謎の巨大衛星があるのが発見された、という記事が出たのである。

『世界日報』によると、この衛星は直径五十メートルもの巨大なもので、インドネシア赤道上空約三万六千キロの静止軌道上にある。

これを発見したと発表したのは、「地球に接近する小惑星や宇宙の危険なごみ（デブリ）の監視活動を実施している日本スペース協会」というところで、「岡山県の美星《びせい》スペースガードセンターが二〇〇一年十二月二十四日未明に、直径一メートルの望遠鏡で写真撮影に成功した。

同協会理事長の磯部《いそべ》琇三《しゅうぞう》・国立天文台助教授によると、衛星の国籍や構造は不明だが、継続的に軌道修正されている。米空軍が公開し、各国の宇宙機関が利用している衛星やデブリのリストに該当はなく、米国の電子偵察衛星などが考えられるという。

文部科学省の宇宙政策課調査国際室は『何の衛星か分からない。今後付近に衛星を打ち上げる際など、必要に応じて調べたい』としている」のだそうだ。

この返事を読んだだけでも、文部科学省自身が、無気力、無責任であることが感じられる。つまり次回、宇宙開発事業団や東京大学のようなところが衛星を打ち上げる時にぶつかる恐れがなければ、この出所不明の衛星について調査しません、ということなのだ。

言われたことだけしかやらない。自分の責任にならないことは全くしない、という典型のような答えに聞こえる。これはプロのやることではない。サラリーマン根性、ことなかれ主義の役人の典型を示したものに見える。文部科学省自身も、外務省とほとんど違わない省なのだとしても、別に不思議はないわけである。

教育というものは、しなければならないことだけをしていては成果が上がらない。自分から問題を探し出してきて、それを追究して行くべきものである。ことに、こうした物体は外交上、国家の安全保障上、しぶとく追究しておくことが大切なのだ。見誤り、ガセネタならその場合でも国民にはっきりさせなければならない。しかしこのお役人の返事は何という気のないものなのだろう。

もう数年前になったが、教育改革国民会議の第一部会で働いていた私が、奉仕活動を義務教育の中に取り入れることを提案した時、多くの人たちが、それに対して凄まじい反対を示した。教育は自発的でなければならないものであって、強制するなどというのはとんでもない、というのである。

これに対する私の答えは今も同じである。教育はすべて強制に始まる。犬をイヌと呼ばせることも、ばらをバラと呼ばせることも強制だ。「おはようございます」とお辞儀をすることを私たちは教えられたが、これは日本では普通の挨拶として強制的に教えても受け入れられている。むしろ今あらゆる会社や組織が「おはよう、もまともに言えない若者たちの存在」に手を焼いているのだ。

私の知人（男性）は昔、アラブの美しい娘と恋に落ち、双方の周囲からの反対を押し切って結婚した。もっとも初めは反対していた彼の両親もやがてその結婚を認め、息子が初めてまだ十代のお嫁さんを連れて帰ってくる時には、正月の晴着まで用意するようになった。

いよいよお正月になると、お母さんは外国人の嫁に晴着を着せ、日本式の挨拶を教えた。息子の友人たちは皆がこの花嫁の顔を見たいと思ってやってくるのだから、いわば顔見せである。座敷では、敷居の向こうに座って手をついて「私が××の嫁でございます。どうぞよろしく」と言いなさいと教えたのである。この若いお嫁さんは頭も人柄もよく、語学も天才的にうまかったから、こんな挨拶くらいはものの数でもないはずであった。

しかしこの作法は彼女の頑強な抵抗に遭って受け入れられなかった。「私はアッラー（神）以外には、頭を下げません」と彼女は言ったのである。彼女はイスラム教徒で、彼も彼女と結婚するためにイスラムに入信した。

これは教育がどこの国でも強制的であることを物語っている。モスク（イスラム寺院）で神に礼拝する時以外、イスラム教徒は床に座って頭を下げるということをしないようにしつけられて育つ。だから人間である夫の友達に、唯一神に対するのと同じ型の礼拝をすることなどとんでもないことだ。しかし日本人は誰にでも気安く頭を下げる。隣の人と道で会っても、他人の家で座敷に通されても、とにかく頭を下げて挨拶をする。どちらも強制された教育の結果だ。

幼時と、初めて何かをする時、人はすべて強制される。方途がわからないから、強制を受け入れるほかはない。それが文化である。

茶道などもその典型だ。勝手な順序でお茶を入れればいいのではない。水差しを持ってくる。お茶碗や棗《なつめ》を並べる。お釜の蓋《ふた》を取るのはそれからだ。合理性プラス行動の流れの美学である。家元のうちに生まれた子供は、六歳の六月六日になると強制的にお稽古を始めさせられる。

強制に始まった教育は、次第に自然に、二つの道を辿《たど》る。嫌になって止《や》める人と、だんだんおもしろくなる人とである。奉仕活動も全く同様である。少しやってみて人のために働くようなアホらしいことはごめんだ、と思えば、いつでもやめるチャンスはあるのである。人のために尽くすということは、なかなか気持ちがいいものだな、と思えば続ければいいのである。

教育の場でかなり重要なのは、奉仕活動の場合でも他の場合でも、いささかの厳しさを体験することである。食物でも苦《にが》みや硬さなどという、一見避けたいような要素が人の健康に必要だということになっている。苦みは内臓にいいと漢方では言い、硬さは顎《あご》の発達に必要と言われている。しかしそんな学説より、マーマレードが全く苦くなかったら気の抜けたような味になるだろうし、お煎餅《せんべい》の硬さは歯応えとしておいしく思えるのである。

私は最近の喧《やかま》しい（というのは万事に音声が甲高《かんだか》く大きく、ジェスチャーが派手で、ファッションが気違いじみている）テレビの画面を好きではないが、それでも、テレビが果たしている奇妙な役割に驚くことがある。

今は文部科学省も親たちも、私の提唱した奉仕活動を頭から否定した人たちも、子供たちに体罰的なもの、強制的な要素は一切強《し》いない、という点で一致している。それが良識だ、と思い込んでいるから、野放しの子供ができるようになった。厳しく叱られたこと、体で罰を受けたことがない子供たちがどこにでもいるのである。しかし一方でそういう教育はどこかおかしいと感じる人たちもいるらしく、テレビは政治家のリンチ番組だけでなく、しごき番組も作るようになった。それがけっこう受けているように見えるのである。

先日も夜中に眼が覚めて眠れなくなってしまったので、入眠剤代わりにテレビをつけた。半眠りなのでどこのチャンネルか見確かめもしなかったのだが、手作りパン屋さんに三人の娘たちが一日弟子入りする話を放映していた。恐らく再放送番組だろうと思う。

初めから見ていないので、どういう娘たちか、私にはわからない。ただ髪は金髪、眼のまわりを白いアイシャドウでぐるりと塗った化粧は、昔は狸《たぬき》のような化粧と言ったのである。言葉は全く日本語の訓練を受けていない喋り方であった。

一方、三人の娘たちを受け入れるのは、眼鏡をかけて顎が四角く張った一家言ありそうなパン屋さん。大学を出てアメリカに留学し、自分でパンの作り方を習ってきた。すべて手作りで、妥協を許さない。弟子を取って「パン粉練るだけでも三年」式の厳しい技術を教えている。

すべての工程を省いて、娘たちにいきなりパン粉を練らせてくれるのだから、大変な甘やかしようである。まず「はい」と返事をしなさい、というのが入門の第一段階。食品加工は清潔を重んじるのだから、狸化粧をいささか落とさせる。粉を練る時は全体重をかける。なかなか重労働である。そもそもまともな日本語も使えず、挨拶もできず、重労働というものを、今の子供たちは一度もしたことがないのだが、文部科学省はその異常さに対して、何の手も打っていない。

やがて休憩の時間に入る前に、作業再開の時間が告げられる。しかし三人は不平満々で塀の外に反抗的にしゃがみ込み、時間に遅れる。パンはふくらませるタイミングが大切だから、三人は雷が落ちるような叱責《しっせき》に遇う。罰として近所の町並みを何周か走ってこい、と言われる。生まれて初めて罵倒《ばとう》されたのであり、体罰を受けるのである。

体罰は承認できない、と三人は膨れる。パンを作ることと、走ることは全く関係ない、と理屈を言う。理屈が通らないものが世間には山ほどあり、それが国際問題なのだ、ということを教える人もなかったのだ。「皆が平和を望めば、平和になるのに」などと戯《たわ》けたことを言う平和主義者の言葉を信じた結果である。それなら直《す》ぐ帰れ、と店主に言われると、一人が「続ける」と言う。

結局、三人が先輩の店員の手助けを受けて作ったパンは窯《かま》の中で二十分、立派に焼き上がった。味見をする。焼き立てのパンの味は芸術だ。三人が笑っている……そこで私は眠ってしまった。

以前にも同じような番組があった。ダイエットばかりして体力皆無のタレントの卵が三個（いや三人）、自衛隊に一日入隊して鬼陸曹のしごきに遇うのである。当時のヤマンバ化粧と言われた化粧をした娘たちが、腕立て伏せ二十回などと言われると、一人はさっさとリタイヤし、後の二人も地面に倒れて起き上がれないほどになる。数々の難関をどうにか越えて、最後の五十メートルだったかは泥の中を這《は》ってゴールに着くようになっている。

　ゴールに入って二人は大の字に倒れてしまった。疲労で立てないのである。泥だらけの顔は苦痛で歪《ゆが》んでいる。しかし周囲の「見物人」からは拍手が起きた。鬼陸曹の言葉はたった一言「よくやった！」だけである。しかし二人はボロボロ泣き出した。やればできたのだ。自信を与えてくれたのはこの鬼陸曹であった。

　文部科学省は自衛隊やテレビ番組に教育を任せるのか。文部科学省、教師、親、この三人組は何をしているのだろう。自分では厳しいことが言えないほど卑怯《ひきょう》なことはない。厳しくして事故が起きれば、すぐ学校のせいにする親も親で、文部科学省や国を訴える。しかし自分ではほんとうの教育をやらない。叱ることさえできない。子供から悪い評判を取るのが怖いのである。危険をおかして教育できるのは、ほんとうは親だけなのに、である。

　一方、文部科学省も学校も、訴えられると怖いから、何もしないほうに走る。プールでは子供が溺れるといけないから泳がせず、マラソンは途中で心臓麻痺を起こすと困るから走らせず、跳び箱は飛び損なって骨折でもすると訴えられるからしないほうがいいと考える。事故責任をどうしたら取らないで済むかを考えるだけが彼らの情熱になる。

しかし人生で重荷は必ずついて廻る。貧困、政変、病気、親との死別、事故などに遇っても、国家的・社会的な救済機関のない国はいくらでもある。

人生で一度も骨折や打ち身をしなかった人もないだろう。一度も詐欺師《さぎし》まがいの人に声をかけられたことのない人もないだろう。一度も盗みに遇わなかった人も珍しいに違いない。人は皆、語るに値する武勇談、お涙頂戴《ちょうだい》の苦労話、「おっかなかった話」「危機一髪物語」を持つのが普通なのだ。


私の母が私を道連れに自殺しようとしたのは、私が小学校高学年の時である。私は今でも母が死のうとした理由を正確には言えない。母といえども他人である。しかし母が死ぬほど結婚生活がいやだったということだけは確かであった。

今の私は態度が悪いから、死ななくても、さっさと離婚すればよかったのに、などと思う。父が意地悪をして、離婚すると言えば母に一円のお金もくれない。母は食べられないからガマンして結婚生活を続けていたのだ、といくら説明しても、今の人は「スーパーでバイトしたら？」「生活保護があるじゃないの」と言う。スーパーも生活保護も当時はなかったのである。もっとも当時はあって今はないものに乞食という生き方があった。橋の上や駅の構内に座って、罐詰《かんづめ》の空き缶に小銭を恵んでもらう人たちである。

私のほうが明らかに母より強いと思うのは、私は母と違って乞食ができる。母はそんなことをするより死んだほうがましだと思ったのに対して、私はそれを途方もない異常なこととか、みじめなこととか考えないだろう、と思える。

母が自殺を思い留《とど》まったのは、私が泣いて「生きていたい」と言ったからである。母は本気で死ぬつもりだったのかどうかもわからない。本気なら、その時までに、刃物で私を刺していたろうとも思うからだ。

私は大きくなってからもずっと、自殺の道連れになりそうになった体験など、すべての人にあるのだろうと思いこんでいた。そんな経験がない人が多いのに驚いたというのが、私の愚かさで、今では笑いの種である。

今日の結論は、教育的に見て、私の両親はいい人たちだったということだ。私に生きることは厳しくて辛いことだと心底教えてくれたからだ。今日では、そんないい教育はほとんどの人が受けられない。

第十二話　皆いい子のなれの果て

前にも書いた話は、何とかしてそのことに触れずに済ませたいのだけれど、そうすると背景がわからなくなるので、できるだけ短い紙数で前後を話してから本題に入りたい。

私は仲の悪い夫婦の一人娘として育った。今風に言うと、多分私はひどいストレスだらけの生活をしていたと思う。私は家に帰ると、父がいる時はいつもその機嫌を窺《うかが》っていた。機嫌が悪いと父は何を言い出すかわからない。少しでも自分の気に入らないことをした家族に罰を加えるのが好きな性格だったから、多くの場合母が希望していたことを取り上げる、という報復に出た。

その多くは今思うと小さなことばかりであった。母が自分の友達と会う約束をしていると、そういうことは許さないからその約束は急に断れ、と言う。母に落ち度があると、母が縫いかけている着物を池に投げ込んだり、私が少しでも母を苛《いじ》める父に刃向かったりすると、私が友達から借りた本を破いたりした。母も私も、自分の着物や本が台無しになるのは何でもない、と思っていた。自分が諦めればそれで済むことだからである。しかしお針の上手な母が他人から縫うのを預かっていた着物や、私が友達の父上から借りていた立派な革表紙の全集が破かれたりするのはほんとうに辛いことだった。いいわけができないのである。今なら、新しいのを買ってお返しするということも考えられたかもしれないが、戦争中や戦争直後はものが何もないのだから、お返しする方法がなかったのである。

私は家にいることが辛かった。私は学校でも、いつも白昼夢《はくちゅうむ》を楽しんでいた。現実から遠ざかれれば、それで心が救われたのである。そして多分、そういう状況も私が作家になれた一つの理由だったと思っている。

今、当時を思い出すと、どうして私はもっと早く複雑な大人にならなかったのかと思う。母に辛く当たる父に反抗したりせず、陰で母を庇《かば》う方法はなかったかと悔やまれる。

二十代の初めに原稿が売れるようになって、私は作家の仲間入りをしたのだが、それからも世間は私を苦労を知らない「お嬢さん作家」だと言った。そのギャップが私のその後の生き方を作ってくれた面もある。私は、世間は真実を知らないのに知ったふりをするのにびっくりした。それは同時に私も人のことは知らないはずだ、という自戒に結びついた。だから私は世の中の風評を決して信じず、噂話にもできるだけ加わらず、人の評伝も以後決して書かないことにした。

幼時にこういう歪《ゆが》んだ生活をすると、必ず心に傷が残り、円満な人格にならない、という説に私は全面的に賛成である。私はまだ刑務所に入ったこともなく、あまり暴力的ではないと思うけれど、それは子供の時に、暴力の破壊力に恐れをなしたからである。だから私は結婚後も、夫婦喧嘩はよくしたが、腹を立てて障子を破ったりお皿を割ったりしたことはない。私はもう子供の時の生活にこりごりしたのだ。人間ができているわけではないから、家の中で口喧嘩ひとつせずにもいられないが、根が食いしん坊だから、食事時間になれば穏やかに食べたい。ましてや夜だけは誰にも妨げられず、朝まで安心してゆっくり眠らせてもらいたい。昔の母と私は、罰として眠らせてもらえないことがあったから、それだけでもこのうえない平安であった。

犯罪はまだ犯していなくても、根性は確実に曲がっていると思っている。学校の先生でなくてよかった。教会の女性牧師さんでなくてよかった。由緒ある宿屋の女将《おかみ》さんでなくてよかった、と思うと、私は運命に感謝せずにいられない。こうした職種は、正しく、穏やかに、円満に、優雅に、何事にも耐えて、心のほころびなど見せてはならない立場である。しかし私はそうは行かない。傷だらけだった心は一応治ってはいるのだが、心理の醜いケロイドは残っているはずだから、人はちらちらとそれに気づくであろう。

その証拠に、私は人を見るとすぐ悪く考える習性が残っていた。穏やかそうな顔をしているけれど、家では厳しい人なのではないだろうか。お金持ちらしいことを言ってはいるけれど、こういう人こそ借金だらけかもしれない。犬を可愛がっていて、犬の話をすると目尻が下がるけれど、世の中には犬には優しくても人には全く優しくない人というのもけっこういるものだ。

私は善意に溢れた人を、嫌うと言うより、やがて恐怖を抱くようになった。

音楽の好きな人がいた。クラシックがその人の生活の一部になっていた。私が訪ねて行くと、その人は必ずクラシックをかけてくれた。音楽の装置は、私の家には全くないほどのすばらしい「ステレオ」だった。しかし私は人と話をしながら音楽を聴く趣味がなかった。音楽もその場合はうるさく感じられた。

まだもののない頃、知人の母上は優しかった。ある夏、私はその家によばれ、ほとんど三時間近く待たされたあげくにおハギをごちそうになった。私はどちらかというとその頃から甘いものが好きではなかった。その三時間にしたいことがたくさんあった私は、おハギのできあがるのを待つことがむしろ苦痛だったのだ。

結論を先に言わねばならないのだが、私は人の善意や厚意を元にした世間の美談に素直に喜べない性格になっていた。そしてそういう自分の性格に反射的に嫌悪を抱いてもいた。どうして私は偉い人や、心根のいい話にすぐ感心できないのだろう。いや感心しないことはないのだが、反射的にそのできごとに含まれる裏の事情や、口には出されなかった部分を考えてしまうと、どうしても一途《いちず》に話に酔うことができないのである。それが子供の時に家庭内で受けた心の傷の後遺症だろう、と自覚しているのである。

ただ人は誰でも、自分が受けた運命を甘受するほかはない。生まれた時から足に障害がある人は、障害そのものを完全に治すことは多分できないのだから、その状態を自分の特徴として生きるほかはない。眼がよくないので人との交際を恐れた結果、世間を狭めても生きて行ける小説家の道を選んだ私は、視力がよくないという状態を受け入れるほかはなかったからなのだ。私の眼の能力がよくないからといって、私は自分の眼を「すげ替える」ことはできなかったのだ。

つまり私はもの心ついて以来、物事には裏があり、人には陰があると信じ、疑い深く見て、生きてきたのである。しかしその結果は信じがたいことだったが、私は人に裏切られたことがないのである。

仮に私が人からあらぬ疑いを掛けられたとする。釈明の機会を与えられれば、私は一生懸命弁解するだろうが、その機会も与えられないまま、先方が私を悪い奴だと信じたとする。すると私は「ああ、そういうこともあるだろうな」と諦めるのである。諦めることは私の得意中の得意であった。

もっともそんなことを言える大きな理由は、私が神を信じているからである。人にはわかってもらえなくても、神は「隠れたところにあって隠れたものを見ている」のだから、神にさえ知られていれば、それでいいような気もするのである。

私はつまり子供の時から、人の悪に対して鍛えられたのだ。すべての家庭が穏やかでもないだろう、とも思えたし、家庭内暴力にさらされている家庭でも、詐欺《さぎ》や盗みをする人が出るよりましか、と計算したりもしたのである。

私は二十三歳の時から、外国に旅行するようになった。最初の旅の時、東南アジアの某国に行こうとして、最初のつまずきを体験した。東京のその国の大使館は、作家としての私にヴィザを出せるかどうか身上調査をするためだと称して一万二千円を出させた。当時大学卒の初任給は一万円くらいだったから、今のお金の感覚に直せば、二十四万円くらいに当たるかもしれない。それにもかかわらず、その国の駐日大使館は、その業務を全くやっていなかったことが後で判明したのである。シンガポールのその国の大使館に行けばヴィザを出せるようにしておくと言ったのに、シンガポールでは東京の大使館からは何の書類も廻ってきていない、とけんもほろろであった。つまり東京の大使館の領事部の男が一万二千円を着服したのである。

国家代表も盗みをするものだ、ということを私が知ったのは、以後私が外国と接触する時に大きく役立った。ＮＧＯの外国援助をする時にも、すべての人が盗むものと思うことにさして抵抗がなかった。一番大きく盗めるのは大統領と閣僚であろう。それ以外の「関係者」も、日本から援助の資金が入れば、必ずそのうちの一部をピンハネしようとするだろう。

一九七三年のオイル・ショックを契機に、私たち日本人は、それまでほとんど無縁と言ってもよかったアラブやイスラム文化と触れるようになったのだが、私もその頃からこうした土地にしばしば行くようになった。一つにはその頃から私が聖書にうちこむようになって、その勉強を始めていたからである。

私は何も知らなかったために、砂地に水がしみこむように、教えてくれる人の言葉を聞いた。その中でも、もっとも真髄を伝えていたのは一つの処世術であった。

「ソノさん。土地の連中が『ドント・ワリー（心配ない）』と言ったら、必ず心配したほうがいいことがあるんです。『ノー・プロブレム（問題ない）』と言ったら、まずまちがいなく、問題があるんです」

私はこの教訓を、ほとんど愛したと言ってもいい。その土地の人は嘘つきだとか、外国人を馬鹿にした不誠実な人種だとか思わなくて、しかしこの知恵を学んだのである。

それは私が彼らの生活を厳しい、と実感したからだろう。私は彼らの生活に「同情した」のである。同情という日本語はともすれば自分を上において、相手を見下して憐れむ、というニュアンスがあるが、そもそも「同情」は英語で「シンパシイ」とか「コンパッション」とか言う。「シンパシイ」の元はギリシャ語の「シュンパセウオー」である。「シュン」は「共に」という接頭語、シュンパセウオーは「同じ思いになる」「思いやる」という意味だ。つまり相手の立場を深く理解し、あたかも自分もその立場にいるように感じることである。

中近東の土地はどこも多かれ少なかれ沙漠か荒れ野である。そうでなくても水の極度に少ない土地で、水道とも湧き水とも温泉とも小川のせせらぎとも無縁な場所なのである。太陽はいつも情容赦なく照りつける。土地自体が、人間が生きて行きにくい場所なのだ。

そういう土地で生存して行くには、まず自分と自分の部族を守らねばならない。水の利権は厳密に確保しなければ部族が全滅する。だから同じ部族の中でも弱い者は死んで行くという淘汰《とうた》の原則も適用しなければならない。ただ同時に憐れみに欠けてはならない。敵対部族といえども、庇護《ひご》を求めてきた時には、自分のパンを半分に割いても相手に食べさせねばならない。

私はアラブの世界からも人間の生きる厳しい現実世界を教わった。少しくらい嘘も裏切りも詭弁《きべん》も弄《ろう》しなくては、生きて行けない土地なのだ。

相手が、いい人でも正直な人でもないだろう、と反射的に思うことは、日本以外の土地では実に有効な身を守る手段であり、柔軟性でもあった。商売のうえでも彼らは、吹っ掛けるだけ吹っ掛ける。それで騙されるほうが悪いのである。相手が騙されたら、吹っ掛けたほうの勝利だからだ。私はまず用心し、初めから相手を部分的にしか信ぜず、したがって裏切られても騙されても怒ることはなくなった。

こんな土地でも「騙される気で騙される」含みは必要だった。日本の都々逸《どどいつ》にもそんな文句がある。騙される気で騙される程度なら、大きく騙されることはないのだし、騙されてやることは相手に幸福を与える。だから憎まれて大きく仕返しをされる危険もない。ということは犯罪に巻き込まれる危険を減らす効果もあるのである。

最近の日本人は、相手がもしかすると悪い人だということの教育を全くしていない。したがって悪い人を防ぐ方法を知らずに大人になるのである。もちろん世の中には、いきなり小学校に刃物を持って押し入ったり、物陰に潜んでいていきなりレイプしたりする男もいないわけではない。しかし事件が被害者の側にも半分の責任がある場合もかなり多いのだが、日本人は世間には悪の要素や悪い人がいる、ということを肯定しないから、責任は必ず百パーセント加害者のものになる。

「うまい話を知らない人から持ちかけられたら、必ず何か落とし穴があるんだから用心しなさい」「うまい儲け口なんてものは、世の中にあるはずはないんです」「知らない人について行っちゃいけませんよ」「夜遅く、非常識な時間に、女性がお酒を飲んだり、ホテルについて行ったりしたら、それは相手に許したことになるのよ。そんな態度を示しながら、襲われたなんてことは通らないの」というような戒《いまし》めや警告は、どこの国でも年長者がしているわけだが、日本ではそうは言わない。悪い人がいたから事件が起きた。それは間違いないことだから、それ以上の大人の知恵や用心は、全く社会の中で口にされなくなったのである。

それもこれも「人を疑ってはいけない」「皆いい子、のなれの果ては、皆いい人」という不思議な信仰が未《いま》だに残っているからだ。

善意や偉大さも人間の要素だが、悪意と破壊的な情熱もまた人間の一部である。その明暗両面を予測し、分別し、望ましくない部分は賢く避け、しかもその要素を評価することのできる人になっていなければならない。

いつも人を見れば、悪い人ではないか、と用心してきたために、結果的に私は多くのいい人に会ったという実感を持っている。悪意のおかげで、ほとんど人生に失望しなくて済んだのだ。反対に人はすべていい人だと思っていると、騙されたり裏切られたり、ひどい時には拉致《らち》されたり殺されたりすることもあるだろう。私のように相手を信じないという機能は、皮肉にもかえって人生を賛美する結果を生んだ。人間不信もやはり教えるべきなのである。

第十三話　出自を受け入れる勇気

私は一人で好き勝手な世界に住んで、一人で仕事をし、そしてその結果も一人で負うという作家として生きてきたため、組織の約束を守らねばならない日本財団に勤めるようになってから、いろいろと教わることがあった。

初めての体験は、六、七人の理事たちといっしょに新入社員の面接試験をしたことであった。私は本質的にはこういう仕事が好きではなかった。若い時には文学の新人賞の選者をやったこともある。しかし文学に優劣をつけるということに時間を取るのも楽しいとは思われなかったので、そのうちに視力障害が出たのをきっかけに、選者というものを一切やめてしまった。

財団でも「人選び」は好きではなかった。しかし義務とあれば、任期にある間はやらねばならない、と心に命じた。

私が入社試験で驚いたことは、三つある。

第一の驚きは、誰もが揃いも揃ってリクルート・スーツなる、没個性的な服を着てくることだった。多くは紺色の事務員服みたいなスーツで、応募者は趣味のいい女性ばかりだから、恐らくこの日以外、着ないのではないかと思われる野暮《やぼ》な服である。これには、ほんとうに驚き、もったいない習慣があるものだとがっかりした。誰か一人くらい造反して、自分の好きな服を着てくるかと期待していたが、まだ一人もお目にかからない。

人は服装にその人の個性が出る。というより服装で自己主張をするのである。入社試験の日には、お互いがお互いのさぐり合いをするのだから、それには、自分好みの服装がもっとも端的な自己の見せ方だと思う。

出る杭《くい》は打たれる、と信じ込み、常識に従って非難をされないようにするという生き方は、実は人と人との生活がより密接にならざるをえない地方の暮らしにおいて濃厚なものである。都会は、どう生きようが当人の勝手、しかしその結果も自分だけで受ける、という姿勢が主流になりうる土地のはずである。しかし入社試験となるととたんに保守的な日本古来の精神構造に戻るということは、考えてみれば不思議なことだ。ほんとうのことを言うと、私は今、うちの入社試験にリクルート・スーツを着ないということを条件にしたいくらいだが、自分の好みをあまり押しつけるのも面倒の種だ、と思って遠慮している。

最初の面接試験の時、私は試験官の心得みたいなものを教えてもらうことにした。当人に関することは、趣味でも研究でも質問していいのだが、親のことは一切尋ねてはいけないのだ、という。お父さんは何をしていたの？　とか、お母さんは共稼ぎではなくうちにいたの？　とか聞いてはいけないというのである。

ほんとうにおもしろくない話である。私は実は噂話や身の上話が好きではないのだが、柔軟に、勇気を持って、自己を語る人としか親しくならない。父親の仕事が体裁のいいものならいいが、社会的な評判があまりよくないものだとする。そうしたことが不採用の理由になってはいけない、という配慮で、個人的な生活のことは聞かないことになったのだろう。これを人権の保護と言うのかもしれないが、そうだとすると、人権というものはまことに冷たいものである。父親の仕事で人間の優劣を決めるような会社では働きたくない、と思うのはもっともだ。だから落としてもらってよかったと思うくらいの気概があってもいいのに、と思う。

それぞれ親と子の関係は、なかなかおもしろいものだ。理想的であればすばらしいが、ぎくしゃくしたものであっても、それなりに親も子も悟るところがある。だから家庭の事情を聞いてはいけないなどという制約をつけるだけで、面接試験という仕事のやる気を失わせるのである。


第二の驚きは、今の若者たちが、自己宣伝をすることに対して少しも羞恥《しゅうち》を持たないことであった。試験官の我々のほうにしてもいけない点があり、「自分を売り込むとしたらどういう点ですか?」などという質問を時にはするからかもしれない。

誰か一人くらい、敢然と、自分には大した取柄《とりえ》はありません、と言う人はいないかと思っているが、まだ一人も現れない。日本の伝統的文化——謙譲の美徳——はもう消えたのだと思えばいいのだろう。

昔は、口が腐っても自分の美点など売り込まないのが、日本人というものだった。せいぜいで「自分は頭はよくありませんが、健康であります。したがって苦労に耐えられます」というくらいがセールス・ポイントであった。しかし今の人たちは、割と平気で自分の美点を長口舌で陳《の》べる。実に聞き苦しい。羞恥心のない人物なんて、ほんとうに嫌だな、と思う。

第三の驚きは、短い作文の実に下手なことである。誤字・脱字は思ったほどのことはない。しかし没個性的な、実にまとも過ぎる「ご託宣」を書くだけで、その人の生身が体験した感慨を書いているものなどほとんどない。とにかく文章を書く量が、今まで絶対的に足りなかったのだろう、と思う。

ところがこれから後がおもしろいところなのだが、こんな違和感もありながら採用した若者たちが、実に素質がいいのである。正規の財団の職員になれば、謙虚で仕事に熱意があり、世間の人も褒めてくださるような心の優しさもある優秀な青年たちばかりである。だからそれまで受けてきた教育が少しばかり悪かったのだろう、と私は思うようになった。私はいつも「日本財団の運命なんて、将来どうなってもいいんですけど、働いている青年たちがあまりにもいい性格なので、私はやっぱり日本財団が彼らのために働きがいのある職場であり続けてほしいんです」などと半分冗談、半分本気のおかしな表現をする羽目になっている。

家庭や身の上を聞きたがるのではない。しかし私は、人間はまず自分の生まれた現状をしっかり認識して、そこから出発すべきだと思うのである。

私は中産階級の、両親が不仲な家庭に生まれた。だから私自身の性格も歪《ゆが》み、愛情がうまく育たない恐れもあった。しかしそうだとしても、それはそれで仕方がないだろう。愛情がうまく育たないのだったら、後から強引に見習って、いささか人為的にでもいいから、一見自然に見える程度に、愛情というものだって無理やりに育てればいいのである。

経済的中産階級というものは、すばらしいものである。それは絶対多数の心情を理解できるという点に偉大な凡庸さを見ているからである。もちろん世の中には、不運な人もいるが、私の感覚では、怠け者と見栄っ張りな人が、やはり貧乏していることが多かったように思う。

今の時代には、貧乏はすべて正義の証《あかし》、被圧迫の生き証人のようなことを言うが、そんなことはない。そうである人もいるし、そうでない自業自得もいる、というのが正しい。

私の父母は不運ではなかったうえに、勤勉であった。母はすばらしい働き者で、私と違ってお針もうまく、ものを無駄にしない人であった。下着の話などして恐縮だが、母は昔の人だったから、戦前は着物ばかりで、木綿のお腰をしていた。そのお腰は清潔で、いつも真っ白に晒粉《さらしこ》で漂白されており、しかも母は洗濯の度にその紐《ひも》にまでアイロンを当てて、新品のようにぴっちりと伸ばしていた。私は母のそういう律儀さが好きであった。父も母も二人共勤勉だったから、私の家は中産階級になれたのだろうと思う。

我が家では、父が飲む酒を買いに行くのに、母が自分の着物を質《しち》に入れてから一升瓶を持って酒屋に行った、というような光景はなかった。父は酒に溺れる人ではなかったし、父母はきちんと蓄えをする人々であった。戦前父が直腸癌になって手術を受け、長い入院生活を強いられた時、当時は健康保険などないのだから、我が家は確かに経済的に困窮したのである。しかしそれでもなお、隣家に米を借りに行くほどの貧乏はしなかった。だから中産階級というのはありがたいものだ、と私はしみじみ思うのである。

そういう経済的には恵まれた家庭に生まれたが、私は前にも書いた通り、生まれつきのひどい近視であった。人の顔が見えないから社交を恐れた。今でも、一度紹介された人の顔を覚えられない、という恐怖で、付き合いを避けたがる。つまり本質的には偏屈なのである。しかし偏屈です、と威張るほどの人物ではないから、そうでないように努めて誤魔化《ごまか》して生きているのである。

貧乏を知らない、ということは、私にとってはしかし一種の僻《ひが》みの理由であった。今の就職試験の受験生だったら、貧困を知らないことは誇るべき特徴になるのか、それともやはりお坊っちゃまの暮らししか知らないということで侮蔑を受ける理由になるのだろうか。私は幸福にせよ、不幸にせよ、知らないということは、知っているということより恥ずかしいことだと単純に考えたのである。

もっとも今の日本では、私だけが貧困を知らないのではない。今八十歳より上の人たちが戦争後の貧困を大人として体験しただけで、その他の日本人は誰も貧しさに苦しんだことがない。何度も言っているが、貧しさとは、会社が倒産しそうになっているとか、子供を大学に進学させる金がないとか、家のローンが返せないとかいうことではない。今夜食べるものがないことを貧しいというのである。

私は幸いにも昔から、炊事、洗濯、掃除、風呂焚《た》き（昔は薪《まき》や石炭でお風呂を沸かした）、買い物、お金の出し入れ、すべて十代のうちからし馴れていたから、世間で、料理をしたことがないという娘や、夫が死ぬまで財産の管理をしたことがなかったという妻の話など聞くと、逆にびっくりしたものである。しかしそれでもなお、私は家畜小屋のような住居で暮らしたことはないのである。

そういう自覚が、中年以後、私に世界の貧困を常に知らねばならない、という義務感のようなものに駆り立てた。ほんとうは私に欠けていたのは、同時に世界の贅沢をも学ばねばならない、という意欲だったかもしれない。しかし私には上流志向、有名志向という情熱が稀薄だったのである。上流階級が楽しむもの（ブリッジ、ゴルフ、社交的夜の会合など）が、私には苦行に感じられた。それに有名人と付き合っても全く小説になったためしがなかったのに、無名人との付き合いはそれだけで創作意欲をかき立てられて、すぐに短編小説を書きたくなるのも不思議であった。

芸術家には露出癖がある人が多いが、その他の分野の有名人は自分を出さない人が多い。自分を晒《さら》すことは一種の恐怖なのだろう。しかし人は性格や育ちの素性のわからない人には、あまり感動しないものなのである。

人は限りなくその人らしくある時、尊厳に輝いて見える。しかし何かに似せることを考えていると、とたんに光彩を失う。声色《こわいろ》や物真似《ものまね》で売る芸人が、どうしても一流には成りえない理由である。

時々、「妹が精神病院にいます」とか「兄が刑務所に入っているので」と淡々と語ってくれる人に出会う。その人はその事実から逃げなかった。事実を受け止め、病人や老人や、社会に適合して行けない性格の人を優しく庇《かば》って行こうとしている。その生き方が私の心を捉えて放さないのである。

魅力の背後には、必ずその人に与えられた二つとない人生の重みをしっかりと受け止めている姿勢のよさがある。彼らは現実から逃げも隠れもしていないのだ。すべての人は重荷を背負っているが、その重荷の違いが個性として輝くからだ。その個性によって育てられた性格と才能でなければ、ほんとうの力を発揮しえないのも事実である。

最近町を歩いていて悲しいのは、やはり髪を金髪に染める流行である。母とまだ学齢前の子供がお揃いで金髪になっている光景も見たことがある。日本人は、人種的に金色の髪をしてはいないのである。コーカソイド（我々が俗に「白人」と呼ぶ人たち）にだって、ほんとうに生まれながらの金髪は一〇パーセントもいない、と聞いたこともある。第一髪だけ金髪に染めても、眉毛《まゆげ》も睫《まつげ》も普通は染まっていなくて黒いままである。鼻の形も額や顎の骨格も、コーカソイドと我々モンゴロイド（黄色人種）は、整形のしようがないほど違うのである。

コーカソイドの、モンゴロイドに対する絶対優位という差別意識はここ数百年の間にできたというが、その情熱は今でもれっきとして残存している。モンゴロイドが髪だけ金色に染めているのを見ただけで、自分たちの真似をしていると思い、それが改めて侮蔑の理由にも繋《つな》がるだろう、と私は邪推するのである。

それくらいなら、堂々と日本人であり続けるほうが国際社会でもずっと尊敬されるだろう。自分の出自《しゅつじ》を受け止め、自分を育てた文化の理解者と具現者になっている人には、世界中の知識人が必ず一目置くのが普通の感覚なのである。

しかも先日聞いた話では、ヘアダイの薬がまだ幼い子供に徐々に影響して、アレルギーなどの慢性病や性格異常を起こしたりする恐れもあるし、まだそこまで研究ができてはいないのだが、成長してからの性染色体への影響なども、一概には否定できない危険を孕《はら》んでいるという。そんな危険を平気で冒させる親がいるということも、考えてみれば残酷なことである。

自分らしくいる。自分でいる。自分を静かに保つ。自分を隠さない。自分でいることに力まない。自分をやたらに誇りもしない。同時に自分だけが被害者のように憐《あわ》れみも貶《おとし》めもしない。自分だけが大事と思わない癖をつける。自分を人と比べない。これらはすべて精神の姿勢のいい人の特徴である。

ふと気がついてみると、私の周囲には、自分の出自を隠していない人ばかりになっていた。出自を隠さなければ、貧富も世評も健康状態も、あるがままに受け入れていられる。世間を気にしなくなるから、ストレスが溜まらない。犯罪を犯す必要もなくなる。そういう人とはいっしょにいて楽しい。どことなく大きな人だ、という感じを与える。だから私は私の友人を誇りにしていられるのだろう。

第十四話　最高の料理人

決して一人や二人ではない。私の周囲に、一人では日常の生活のできない男性がたくさんいる。お茶もいれたことがない。レトルトのご飯をチンしたこともない。したがってデパートで出来合いのライスカレーを買ってきて、チンしたご飯に載せて食べる才覚もないのである。

こうした男性に共通の特徴は、それで少しも自分がおかしいと思っていないところである。そうした人々はたいてい、生涯で自他共に許すきちんとした仕事をしてきた。職場では、責任者。自由業なら、その道の大家であった。だからそれくらいのことは許されると思っているのである。

東京大学法学部卒などという履歴の人にもこうした人間失格者は実に多い。人間失格者などと言うだけでそういう人は怒る時もある。しかし優秀な人というものは、すべてのことが人並みにできて、一つのことに特に抜きんでている人だという。たいていの人ができることができない人は、多分優秀な人ではないのである。

この原稿を、私は十月の清明な秋の気配の中で書いているのだが、私は三週間に及ぶ長い外国旅行から帰ったばかりで、まだなんとなく疲れが残っていて時々節々が痛い。皆から「年のせいに決まっているじゃない」と当然すぎることを言われて、全くその通りと思っているのだが、くたびれはしたものの、ずいぶんおもしろい旅でもあったのである。

この旅行については何度か書いたことがある。旅の目的は、世界のほんとうのどん底の貧乏というものは、どういうものかを見てもらうことである。同行者は中央官庁の若い公務員たち、マスコミ、そして私の勤める日本財団の若手職員たち。行き先はアフリカや南米が多い。中東ということもあるが、アフリカの貧困は世界でも図抜けてみじめである。

ある時、出発前に、自ら希望して加わった人の一人が正直に「僕には貧乏というものがどうしてもわかりません」と言ったことがあった。私はその言葉に好意を抱いたが、正直なところショックも受けた。「王族や、貴族や、富豪の生活はわかりません」というのなら、「そうですね。私も」と素直に同調できるのだが、貧乏がわからないというのは、どういうことだろう。このことについて、私は一つの答えらしいものを持ってはいる。つまりそういう人は、読書の絶対量が足りないのである。自分の専門に関係のある書物は読んでいても、明治以来の内外の文学は読んでいないのである。

小説は無頼《ぶらい》な作家たちがいい気になって、ただ自分にこういうことがあったらどんなにいいだろうという甘い空想を書いたものだろう、などとバカにしているから、文学によって私たちが知り得た凄まじい現実を知らないのである。こういう人がけっこう東京大学法学部卒だということもある。

確かに私でも、日常生活の中だけに浸っていると、自分の立場にある種の固定観念を持ちやすい。自分は作家である。主婦でもある。母でも祖母でもある。日本人である。そんなふうな条件を元に、外側から自分を固めて行って、だんだん硬直した精神を持ち、同時に柔軟な自分を失ってくるのである。

その上にあぐらをかくと、作家なら小説だけ書いていればいい、ということになりがちだ。実は小説というものは、けっこうきちんと調べて書くために手間暇をかけているのである。一つの小説を書くと、作家はその主人公の職業についてセミプロくらいの知識は持つくらい勉強する。思いつきで書くようなものでは、プロの小説として通用しない。

いつも書斎にだけいる作家、書斎とバーとのどちらかにしかいない作家も、昔はかなり多かった。しかし今は少し違って、旅をする作家もけっこう増えたように見える。

旅というものは、実におもしろいものだ。その人が日本社会の組織の中にいる時には、いろいろなものやシステムが、その人の欠点も美点もカバーしてくれる。当人は気が利かない人でも、秘書課に気の利く人がいれば、それでボロが出ないで済む。ほんとうは勇敢な人なのに、勇気の見せ場などないという場合も多い。

しかし旅は、その人の人間性がむき出しになる。ことに私の企画するような旅となると、人の美点も欠点も隠しようがない。

私の旅は、前にも書いたけれど、文明、便利さ、豪華さとは、全く無関係の旅である。「お湯の出るお風呂など期待しないでください。水で体を洗えればいいほうだとしてください。修道院に泊まってもらいますから、ベッドが足りない場合には、床に寝袋を敷いて寝てもらいます。その覚悟をしてください。トイレは青空トイレで豪華なものです」

と毎年私の言う台詞《せりふ》は決まっている。

この「貧乏を学ぶ旅行」は日本財団が全経費を持つのだから、いささかでも贅沢をさせたら、「それまた饗応《きようおう》をしている」と世間から指弾されるだろう。だから参加者には、その人が普段している生活より明らかに悪い条件の旅行をさせねばならない。さらにそのうえに危険も負担させる。悪路の自動車移動は、事故の危険性や激しい疲労を伴う。行くところはすべてマラリア、結核、エイズ、細菌性腸炎とは、縁の切れない地域である。

そういう旅行の時、さまざまな人が自分のしてきた生活に固執《こしつ》する。私自身も、生き方の癖は抜けないものだなあ、としみじみ思う。

私はとにかく洗濯がしたい。洗濯をするとシャッキンを返したようないい気分になる、という小心者である。だから蠟燭《ろうそく》や懐中電灯の明かりの中でも、水を使わせてもらえるなら洗濯をして心を休めている。さらに、自分の個室がもらえるホテルに入れて電気の差し込み口がちゃんと効いていれば、十日に一度くらい自分好みのインスタント お粥《かゆ》とお味噌汁をこっそり作って、誰にもやらず、一人ですばらしい朝飯を味わう。そういうズルをする時、私は、人に分け与えることも幸福だけれど、人にやらないことも幸福だなあ、などと改めて考えながら、もちろんそんなことは誰にも言わずに口をぬぐっているのである。

しかし一番気の毒なのは、たとえばあの男と自分はどちらが偉いか、地位が上か、というようなことを、アフリカに来てまで考えている人であろう。そういう人が実際にいた、と言うのではない。もしもいたら、という仮定で私は今書いているのである。

新聞記者として、自分の属するA社の××部と、あの男のいるB社の○○部とどちらが社会的に上か。霞が関の本省では、あの男と自分とどちらが入省年次が早いか。そしてどちらが早く出世しているか。さらに自分のいる△△省と、あの男のいる□□省とでは、どちらが秀才の行く省か。

そんなことを考えている人がいたという事実は全くないけれど、考えた人がいたとしても、それほど異常なことではないかもしれない。

アフリカの田舎のホテルの部屋割りなどというものは、何しろ誰も行ったことのないホテルなのだから、公平にしようがない。首尾よく同じ間取りの部屋をずらり並んで取れたとしても、アフリカで公平を期することは至難の業《わざ》と言うべきだろう。

ある人の部屋は熱湯だけ出て、隣の部屋は水だけしか出ない。その隣の部屋は浴槽の水栓がなく、その隣室ではトイレがよく流れないというようなことは、アフリカのホテルでは日常茶飯事に起きることである。

ある時、私は一番年上だったので、スウィートと言ってもいいような立派な部屋をもらった。何しろ次の間つきである。バーまがいのコーナーもついている。もっとも冷蔵庫の中は空っぽで、そのうえ四つ並んだハイチェアーはどれも椅子の部分がころりと転げ落ちる危険なものだった。まともに座ろうとしたら、高い椅子の上から転がり落ちて、私は大怪我をしていたに違いない。

危険はそれだけではなかった。私は夜中も入り口に近い浴室の電気をつけて寝た。万が一、寝ぼけておかしな方向に歩き出しておでこをぶつけるのも困る。それに知らない国のホテルでは夜通し入り口の明かりを消さないか、テレビをつけっぱなしにすることは、こそ泥の侵入を防ぐのに、なかなか有効な方法であった。つまり泥棒はホテルの従業員なのだから、電気をつけっぱなしにしたり、テレビが鳴っていたりすれば、もしかすると客は真夜中でも起きているかもしれないと思うから、泥棒は侵入を避ける。多分その理由で私の部屋だけ枕探しを免《まぬが》れたことがあるのである。

それにもかかわらず、その夜、夜中に目覚めて本を取りに立ち上がろうとした時、私は理由もなく凄まじい転び方をした。床で滑ったのだが、一瞬理由が全くわからなかった。それでも、うまくスライドして、私は骨折も打ち身もせずに助かった。驚いたことに、私は床の上にいつの間にか溜まっていた水に滑ったのであった。しかし溜まっていた水は、どのような素性の水かわからないので、私は気持ち悪くなり、夜中にシャワーを浴び、寝間着を洗った。そして天井を見上げて初めて原因がわかったのである。

私の寝ている間に、それまでは全く気もつかなかった天井の割れ目から水滴が滴《したた》り落ちて、ベッドのすぐ下の足元に水溜まりを作っていたのである。これぞ、まったく特別室というものである。特別室とは、特別な危険が備えてある部屋、ということかな、と思うと私はおかしくなった。特別室であるがゆえに私は骨折するかもしれない特別な危険に見舞われたのである。世の中とはしばしばそうしたものだ。

　団体旅行をした時、いい部屋をもらわないと、自分の威厳が傷つけられたような気がする人がいるという。人が自分の役職名をちょっと間違って言っただけで、もうその日一日気分が悪いという人もいる。

　紹介される順番、住んでいる地域、妻の出身校、そうしたものに、いちいち優劣をつけて、自分を他人と比べている人は決して珍しくはないのである。しかしそれらはすべてかなりいい加減な根拠の比較の上になり立っている。

　人というものは、実は誰とも比べられない。だから静かに自分はただ一人と思っていいのである。美点も欠点もすべて自分のものだ。もちろん社会では、欠点を伸ばされると周囲が困るから、美点と言われる特性のほうを伸ばすほうが無難である。しかしほんとうは美点も欠点もこみですべて個性なのである。

　たとえば、こうしたあまり楽ではない旅をする時、もっとも大切なことは、いつでも明るい顔をしていられることであろう。すぐ周囲の状況に敏感に反応して、不機嫌になったり、落ち込んだり、文句を言ったりする人は、何よりめんどうくさい。少々気が利かなくても、怠け者でも、時間に遅れても、明るく呑気《のんき》な顔をしていてくれれば、人々の和が保てるのである。

DNAの研究ということは、実に大きな意味を持っている、と私は感じている。一つは、同じ人間は二人といない、ということが科学的に証明されたことだ。と同時に人間は、自分の力ではいかんともし難い宿命的な素質を持っているということも納得させられたからだ。だから成績が悪いのもおやじのせい、器量の悪いのもおふくろのせい、と笑って言えるようになったのである。

しかしたとえいかなる人でも、二人と同じ人はいない、という事実は襟《えり》を正すのに充分な理由である。この地球上には六十億人以上も人間がいるというのに、私のそっくりさんは一人もいないというのだ。人間の創り主は神だと言う人もいれば、そうでないと言う人もいるだろうけれど、とにかく誰が人間という動物の機能を設計したにせよ、よくも六十億通り以上も違えて造れたものである。こういうのを神業《かみわざ》というのだ。

比べるという精神の操作は、似せるということと裏表の関係を持っている。人並みを要求するのも、人より抜きんでたいのも、つまりは同じ精神構造の結果である。

第二次世界大戦後に流行《はや》った薄気味悪い言葉に「自分を大切にする」というのがある。あたかもこれが大切な道徳のように言われるから、私は気持ち悪くなるのである。

そんなこと、改めて言わなくても、誰でも自分を大切にすることにおいては、なみなみならぬ情熱を持っている。ＤＮＡが一人一人違うという意味でなら、私という個体は唯一のサンプルだから大切にしてもいいいかもしれない。ということは、私は私以外の何者にも、ほんとうはなれない、ということである。そしてそれが認識できれば、同時に他人もまた、唯一無二の個性に生きているので、それを簡単に変えさせることはできない、ということも理解できるのである。

しかし世間には常に席次というものがある。同一の空間を一人より以上の人が同時に占めることはできないから、誰が上席、つまり床柱を背にして座るか、という問題が発生するのである。

世間にはこの頃、こういう無駄な情熱に対して、狡《ずる》く抵抗する方法を考える人も出るようになった。私の見るところ「年の順」という順序の決め方はなかなかよくできている。これはごまかしようがないうえ、誰でも年寄りと見られることはあまり好まないから、上席は尊敬されているようで、実はさしていい意味を持たなくなった。

人と比べることをやめると、ずいぶん自由になる。

限りなく自然に伸び伸びと自分を育てることができるようになる。つまり自分の得手とするものが見つかるのである。

自分が楽しいことも楽に見つけられるようになる。日曜日に料理をすることが、男としてみっともない、などと思わなくなる。みっともない、と思う感情は観客がいることをみみっちく意識している証拠である。自分で味をつけたものが、実は自分の舌に一番合うことは当然のことで、自分こそ、自分に対して最高の料理人なのである。

第十五話　裏表はほんの入口

息子がまだ幼かった時、彼は総じていい担任の先生方に恵まれ、のんびりした暮し方をしたが、中で一人だけ性格の合わない先生に出会ったことがあった。しかしその先生も私からみると決して悪い方ではなく、むしろきちんとした理論を通す方だったと思う。

息子はその先生から、ある時、「裏表のある性格だ」と言われたのである。だらしがない、とか、頑固だ、とかいう注意なら、私は思い当たる節が多かったのだが、息子は年齢相応に幼い。どういう裏表があるのだろうか、と私は少し緊張して父兄の面接に出かけた。すると息子の裏表というのは、先生にものを言う時と、友達に話す時と、言葉遣いが違う、ということだった。

違うのが当たり前で、我が家では、違うことを子供にも要求してきたのである。それが敬語というものであった。

この原稿を書いている今朝も、産経新聞の投書欄に、高校生の息子が母親に向かって、「ババア、勉強しているな。オレも勉強しよう」と言ったという逸話が書かれていて、その言葉遣いはあまりにもひどくないか、というのが投書者の言い分であった。

私も同じように思う。ババアは親しみの表れだろうと思うし、私自身は自分が何と呼ばれてもほとんど気にならない。実は自分が囚人番号で呼ばれても、自分は自分だと思っている。それは私には神がいるからで、神は世間が私をどう呼ぼうと、確実に一人の人間として過不足なく認識している、と信じられるからである。

信仰の領域を離れても、私がこういう罵倒《ばとう》を気にしないのは、仮に相手が失礼なことを言ったとしても、それは言われた私の問題というより（それに該当する要素を持ち合わせていることは多いが）、多くの場合、言ったほうの醜さを示すことになるからだ。しかし言ったほうが息子となると、親としてはほってもおけなくなる。自分の息子が客観的に醜い行為をして平気な人間だということを認識するのは、悲しいことだからである。

新約聖書には聖パウロが書いた手紙だと言われている十三の手紙が含まれているが、その中の『コリントの信徒への手紙　一』の13・4には次のような個所があって、それは「愛の定義」とされているものだ。

「愛は忍耐強い。愛は情け深い。ねたまない。愛は自慢せず、高ぶらない。礼を失せず、自分の利益を求めず、いらだたず、恨みを抱かない。不義を喜ばず、真実を喜ぶ。すべてを忍び、すべてを信じ、すべてを望み、すべてに耐える」

これは世界でもっとも精巧で強力で、明快な愛についての定義だから、最近はホテルで行なわれるキリスト教風の結婚式でさえ読まれることが多くなった。聖パウロに挑戦してみようと思う人は、わずか百十字ほどで自分なりの愛の定義を書いてみるといいのだが、とうてい誰にもこれだけの凝縮された内容は書けないだろう。

今の時代、人権を要求する人は多くなったが、人権などというものは金銭関係を伴う冷たいものだ。しかし愛は純粋に心の問題で、人間を他の動物とは違った、人間そのものにする機能を持つのである。それなのに、人権については、あちこちで討議されるが、愛については現代日本ではほとんど真剣に考えられることがない。

「愛は忍耐強い」と聖パウロは書き始める。相手を変えさせるのが愛ではなく、自分が他人の存在の結果を受ける立場に立とうとする。これは力と勇気のある者のみがなし得る、自立した行為である。

しかし次の文になると「愛は情け深い」のである。これも能動的な言葉だ。愛は受けるものではなく、自分のほうが愛し、情けをかけるものなのだ。

また愛は「ねたまない」ものだと規定する。人にも自分にもいいことが起きますように、と心から望める状態を言う。

「愛は自慢せず、高ぶらない」という条件には抵触する人がどこにでもいるものだ。人を見下したような言葉しか喋れない人がいる。大勢がいるところで、自分が金持ちだとか、収入が多いとか、有名人と知り合いだとか言う人はそんなに珍しくない。

先日、世間でよく知られている男性が一人の女流作家と会った時、「私は若い時、あなたと見合いをして振ったのよね」と満座の中で言われたと笑っていた。男たるもの、「違いますよ。紹介されて会ったことはありますが、見合いではありませんでしたね。第一、お見合いしていても、あなたとは結婚しなかったでしょうね」とは言えないから、「『そうですね』と笑っていたら、相手はもうそうだと決めこんだみたいです」と言っていた。ほんとうにこういう時、男は気の毒に笑うほかはない。しかし女は自慢し高ぶれるのである。

次が問題の個所である。愛は「礼を失せず」なのだそうだ。つまり簡単に言うと、いくら家族の中でも、母親のことを「ババア」とは言わないことなのだ。或《あ》いは、ベレケに酔って帰り、家に帰り着くなり玄関で眠りこけたり、嘔吐《おうと》したりするような醜態を見せないことなのである。

聖パウロはまた、愛は「自分の利益を求めず」と言う。今の日本では、自分の利益を追求することこそ、市民の権利だということになっている。しかし聖書ではそうではない。ここで聖パウロは、むしろ、自己否定、自己の利益放棄、自己満足の否定ができる人になりなさい、と命じたのである。今の日本では全く歯牙《しが》にもかけられていない価値観だが、自分が得て当然の権利さえも自発的に放棄することができるのが愛なのである。こういう論理は戦後の日本では聞いたことのない話であり、教えられたことがない道徳だった。

愛は「いらだたず」も、私にとっては耳の痛い命令である。いらだつというのは、いらだたせるようなことを言う相手と同じレベルになり下がることである。私はまだ幼い子には体罰を加えてもいいと思っているが、その場合もいらだって体罰を加えてはならない。口では怒って見せても、親は十分に冷静で、たとえお尻を叩《たた》く場合でも、傷つけないように心に余裕を持って叩かねばならないのだ。

「恨みを抱かない」ことも愛の条件なのだという。これは端的に言うと、「許す」ことだが、ここで使われている「抱く」という言葉のギリシャ語の原語は、会計係が忘れないために記帳するという意味の動詞である。つまり忘れないことがいいのではない。我々は忘れなければいけない場合があるのだ、ということだ。現代において、忘れることや許すことほどむずかしいものはないだろう。正義は多くの場合、忘れず、許さず、報復をすることだと思われているからである。キリスト教が出現するまでは、正義はハムラビ法典以来、被害と同質のものを同量だけ報復することであった。喧嘩《けんか》の相手に一方の耳を切り取られたら、報復もまた一方の耳を切り落とすことであって、ついでに鼻まで削《そ》ぎ落とすことをしてはならないということから、同害復讐《ふくしゆう》法《ほう》ができたのである。同じ一神教でも、ユダヤ教とイスラム教とも違って、キリスト教だけが、報復ではなく許しを人間関係の根本原則とする。

しかし日本の世間一般も、まだそうではない。判決を傍聴する被害者の家族は、必ず極刑を望む、と言い、しばしば刑が軽すぎることを不服とするが、そういう談話が新聞に掲載されても、世間は当事者ともなればそうだろう、と納得しているのである。

許しが基本だと言っても、すべてのクリスチャンが、皆許しているかというと決してそうではない。私もまた「仕返し」を考えかねない一人である。ただ信仰の基本原則が許しを命じているから、そこで辛いのである。

この問題について、イタリアに住む友人が教えてくれた印象的な話がある。イタリアでは殺人事件などがあると、被害者の家族が「私たちは犯人を許します」という広告を出すことがあるのだそうだ。それは決して「心から許せました」のでもなく、「心から犯人の幸福を願うようになりました」ということでもないだろう。その広告は「私たちはたとえ内心はどうあろうとも、犯人を許さなければならない、と心に命じました」という一種の道徳的覚悟の披瀝《ひれき》のようなものであろう。

ここで人間は、自然体の自分と、「そのようになりたい」という自分との間の葛藤《かっとう》に苦しむようになる。

裏表があるのはいけない、どころではない。人間は壮大な裏表を体験することによって、初めてそうである自分と、そうでありたい自分との繋がりを見つける。それにしばしば失敗することはあるにしても、自分の可能性を見極める闘いに挑み、そのことのために苦しまねばならないのである。

裏表を持つということは、つまり大人になるということだ。あるがままの自分を保持するだけで許されるのは、赤ん坊の時だけである。大人になれば、常に裏表を持ち続けなければならない。うちで怠けていたい時でも会社に行かねばならず、会いたくないと思っている人にでも摩擦を避けるためならにっこり笑顔を見せる必要もある。こうした自己の中の二重性は、できるだけ早いうちから開発して、あるがままの自分と、あるべき自分との使いわけが自然に行くように、訓練しなければならないのである。

ずっと昔、息子が幼かった頃、私は子供に言葉の訓練だけはしたから、受け持ちの先生から裏表のある子供だと思われたのである。私の家では、友達同士なら「あ、ヤマダが来た！」でいいし、先生の姿が見えたら「あ、ヤマダ先生がいらっしゃった！」と言えなければならない、としつけたのである。

尊敬語と謙譲語は、日本語の中でも特にあでやかな陰影を作る機能を有している。関西と関東では少し使い方が違うようだが、「先生はそうおっしゃっていらっしゃいました。しかし母はこう申しております」という具合の使いわけができなければならない。

尊敬語や謙譲語は、母親が日本語を使いこなせるかどうかで決まる。私の母は昔の裁縫女学校を出ただけで、特に高い学歴を持っていたわけでもないが、文学少女のなれの果てだったので小説をたくさん読んでいた。文学を通してきれいな日本語を教えられたのであろう。

気の毒なことに、最近の日本の社会状況では、こんな簡単なことさえできない。テレビのタレントたちの日本語はめちゃくちゃ。代表的な新聞は、天皇皇后両陛下に対してさえ敬語を使用しないことが、あたかも人権と平等の精神を標榜《ひょうぼう》しているかのようなことを言う。そして母親たちは、ほとんど本というものを読まないから、外見はブランドずくめのしゃれたみなりをしていても、喋る言葉は教養のないものになる。とても子供に敬語や謙譲語をしつける能力などない。

人間に裏表があることをよしともしないから、社会の判断はいよいよ幼稚なものになる。一時「清貧《せいひん》」という言葉と観念が流行った。金持ちより貧乏人のほうが、いい人間だという判断とも連係しているが、そんな単純なものではない。

私は貧しいがゆえに信じられないほどの破壊的な行為を平気で行なうことができる人のことを、アフリカで散々見聞きした。スラムではレイプがひどく、殺す時にはタイヤを巻き付けるか、喉《のど》にガソリンを流し込んだ後で火をつける。殺すという行為の残酷さは同じだが、こういう残虐は、娯楽のない貧しさの中で、一つの楽しみとして生まれたのではないかと思うほどだ。

清貧という名のように、すんなりと欲のないままに生きていられるのは、とにかくその日どうやら食べられるものがあり（たとえご飯にメザシだけでも）、雨露を凌《しの》ぐことのできる家に住んでいられるからである。そしてそのような状況を国民に与えられるのは、日本のように恵まれた豊かで自由な国家しかない。貧しい国では、決して清貧などという状態は出現しないものなのだ。

清貧が可能な国に生きていると、いい年をした大人が子供のような見方しかできなくなる。つまり苦労を知らず、自分をすんなり出せば、外界もそれをよしとしてくれるという発想である。しかし世界中のほとんどの社会でそんな安易な生き方は認められていない。

生きるためには、裏表が必要なのだ。対立する自分と他人が、両方共生き残るためには、知恵を働かせて妥協の道を考えるほかはない。脅しと駆け引きが、国際政治の常套《じょうとう》手段であるが、個人ともなればそれを超える慈悲を実行している人もたくさんいるし、敵対部族なら皆殺しにする、という情熱も立派に生き残っている。私たちは、そのどちらの道も自分で選ぶことができるのである。

戦後の「皆いい子」「皆平等」の教育は、とうていこれだけの種々雑多な情熱を理解するだけの人間性の厚みを作り得なかった。その意味でも教育は失敗したのである。『コリントの信徒への手紙　一』の手紙の残りの部分に触れれば、愛は「不義を喜ばず、真実を喜ぶ」ものだと続けている。この真実という言葉はギリシャ語のアレセイアで「正義・公正」と同義である。

しかしもっとも驚くべきは、結びの部分で人間に命じられた愛の四つの姿である。それは愛は「すべてを忍び、すべてを信じ、すべてを望み、すべてに耐える」ものだ、と規定していることだ。

「すべてを忍び」の忍びには、ステゲイという原語が使われている。これは、「覆いかぶさって守る」という意味の言葉だ。鞘堂《さやどう》を作るという発想はギリシャ人にもあったから、この言葉はまさに「鞘堂を作って、古い壊れそうな建物（実は人）を壊さないようにする」ことである。説教したり、責めたりして、相手を改変させることではない。愛は相手をそのまま受け入れることなのである。

しかしそれでも多くの場合、相手は変わらない。信じ、望み続けてもうまくいかないことがある。その場合の最後の砦《とりで》は、「耐える」こと、すなわちヒュポメネイである。ヒュポメネイは、重荷の下に留《とど》まることである。覆いかぶさって守ってもだめだったら、今度は下から支え続けろというのだ。

これだけの凄まじい愛し方を、神は人間に要求した。ほんとうは裏表くらいで片づく精神力ではないのである。

第十六話　デモに不参加の理由

「頭に来る」という若者たちの表現がまかり通るようになったのは、いつからなのだろうか。

実は太古以来、人間は「頭に来る」ような事件にばかり遇《あ》ってきていたのだ。私たちは映像の世界という安全圏にいて恐竜の世界をおもしろがるが、あんなものが現実に私の住む村に出没して、子供やおばあさんが始終踏み殺されたりしていたら、その恐ろしさは「頭に来る」以上のはずだ。でも昔はその種の非合理がまかり通ったのが普通だった。疫病は始終流行り、饑饉《ききん》に見舞われても人々はそれに対抗する方法もなく死んで行った。全く「頭に来る」ような運命ばかりだったのだ。

「頭に来る」という表現には、かなり思い上がった要素が含まれている。第一は、「オレが頭に来たら恐ろしいんだぞ」という脅かしである。第二は、「オレが頭に来たらその結果どんなことが起こっても知らんぞ」という責任の転嫁である。「頭に来る」という表現が一般化した背景にはそれなりの歴史がある。「頭に来る」のは、自己中心的な性格の持ち主である証拠だったが、この恐ろしい芽は早く摘まなければ危険だ、と騒ぎ立てる教育者も親も、あまり多くはなかった。

戦後の教育は個性の形成、自由を行使する権利だけを教えた。教育は自発的にしたいことだけしかさせてはならない、と今でも信じて疑わない人がいる。しかし人生は複合的だ。したくないことを強制的にさせられる場面も当然あるが、その間に自然にしたいことが見えてきて、親も教師もそれをいいこととして励ましているのが、普通の光景だと思う。

しなければならないことは強制的にさせ、したいこともさせる、その両面をカバーするのが、人間を創ることだ、とは思わなかったのである。

子供たちは自分中心、自分が王さま気取りになった。現実の世界で、不公平な王政はよくないから、王さまを追放する、という考えは現代では受け入れられやすい。この世から完全に王さまを追放できればいいのだが、社会主義は、自由主義以上の権力者を作った。中国、北朝鮮、かつてのソ連、チャウシェスクが死ぬまでのルーマニア。思いつくだけでもその権力の集中は、なまなかな王政以上のものである。

王さまという名のつく人はいなくなったが、その代わりに子供たち自身が王さまになった。何しろ子供にも「人権」があるのだから、親と教師は、子供の意志を受け入れるべきだ、それが民主主義であり人権を守ることだ、という空気を、まず大人たちの中で唱える人たちが出始めたから、小さな王さまたちはいち早くその気配を察して、それに便乗したのである。それがたやすく「頭に来る」ようになった空気の下地であった。

客観性などという高級なものでなくてもいい。自分が外側からどのように見えているか、という一種の複眼を作ることは非常に大切なのだが、恐らくそのような教育は全く行なわれなかったのである。王さまはすぐ裸の王さまになる。自分以外の社会の存在など、考える余裕もないのである。

ミラノという町は、あるいはパリという都会は、ファッションの中心地と思われているが、そこに買い物ツアーにでかける日本人の若い娘、あられもない人妻たちの行動が、どれほどの侮蔑《ぶべつ》の対象になっているか、という話は意外と日本には伝わっていないのかもしれない。いわゆるブランドを売る店では、セールの日などは開店前から店の前でうろうろドアの開くのを待ったり、長蛇の列を作ったりする。それを見て町の住人たちは呆《あき》れ返り、ばかにしている、と、そうした町に住む日本人たちが嫌がるのである。

これらの日本人たちは、店が創りだしたブランド信仰にみごとにひっかかった魚たちなのだ。それを知っているから、本来なら、丁重に客を扱わねばならない店員までが、あきらかに日本人に対してはばかにした様子を見せるのだという。商品を投げて寄越したり、横柄な口をきいたり。しかしそういう言葉もわからないから、日本人の客たちは、時には商品を巡ってつかみ合いをしたり、あらゆるものを押さえようとして自分の腕の中に品物を抱え込んだりする。これを狂気と言うか恥知らずと言うか。親の顔と同時に、教師の顔も、時には夫の顔も見たい、と言う人もいる。最近では、新婚旅行の夫までがこうした店で妻の言いなりになって、バーゲン買い漁《あさ》りの手伝いをしているからである。

一体、親と教師と夫たちは、彼女たちにどんな精神的な教育をしたのだろう、という素朴な疑問が頭をもたげるのは自然だろう。

彼女たちは、人間を創る必要があること、創られた人は他に二人といない存在として、他者に認識させる要素が何であるかさえ、習わなかったのである。

まず健康な肢体。これは先決問題だが、こうした女性たちの多くはダイエットのしすぎでやせ衰えており、姿勢も悪く歩き方も踵《かかと》を引きずって老婆のようである。若い娘が高価なブランドものを持てば、ヨーロッパの常識的な社会では、結局のところその女性はまともな生活をしているとは見られず、つまり売春婦のように思われるだけである。

さらに何よりも人間を魅力的に見せるのは知性と教養である。その二つがあればまずすばらしい男たちが必ず寄ってくる、ということになっているのは、決して慰めではない。正しい言葉遣い、親切で折り目正しい物腰、人生に対する誠実な受け止め方、自然な向上心、といったものに人々は必ず魅力を感じるのだが、ブランド漁りの女性たちは、外国語はおろか、日本語でさえ知的な話ができない。会話に魅力がなくては、どんな美貌も美しいとは見えないのである。

恥も外聞もなくブランドものにたかる行為は、今では韓国人と中国人の特技になりかけたと言う人もいるが、いずれにせよ彼女たちは、そのような浅ましい行為が店員をはじめとする外部の人たちに、どう見え、どう軽侮されているかを全く意識しない。どんなに欲しくても浅ましい行為をしてはいけません、それでは精神のお洒落《しやれ》がないことになりますよ、と誰も教えなかったと言えばそれまでだが、恥を知る心などという観念自体がなくなったのである。

自分の欲望に忠実なことが人権であり、自分に誠実であることがすべてを超えた善であり民主主義も認めるものだ、と社会が思わせたから、こういう人たちが出てきたのだ。

私たちは、自分以外の多数の人の中で、自分と同じ考えや好みを持つ人などほとんどいないことを知り、彼らの眼には自分はどう見えているだろうか、という疑問から、自分を客観視する習性を学ぶ。生まれながらに、この操作ができる叡知《えいち》を持つ人もいるが、多くは「そんなことをしてみっともないじゃないの」とか、「そんなふうにすると、周りの人に迷惑がかかるでしょ」といった家族や友人の言葉から自分と他人の関係を学習したのだが、今は「自分以外の外界」というものを意識しない人が実に多くなってきた。

主観と客観、自分の感じと他人の見る眼、との間に落差があるということを学ぶことが人間になることの一つの条件である。動物にはそういう視線がないから、平気で縄張り争いを繰り返す。この違いが健康的に受け止められれば、人は自分の希望が叶《かな》わないことに耐えられるようになる。その結果、ある平衡感覚が生まれてきて、この辺まではガマン、これ以上はムリ、というような常識の線に沿って生きることのできる人間が形成される。

ストア派と言われる昔のギリシャの哲学者であるディオゲネスが言う「自由と自主との間にある人間らしい人間」は、まさにその延長線上にあるのである。

私が好んでしばしば引用するエピクテトスは一世紀から二世紀の人だが、奴隷で足に欠陥があった。彼の肖像画はいつも松葉杖《まつばづえ》と共に描かれている。エピクテトスはその著書『要録』の中で次のように書いている。

「自然の意志は、私たちおたがいが、意見を異にしていない事柄から学ばれる」

エピクテトスは、よそのうちの雇い人のボーイがコップを壊した話を例に引いて説明する。他家のボーイがへまをやらかしたという話に対しては、私たちは簡単に言えるのだ。

「そういうことはよくあるもんだ」

それなら自分の家の雇い人のボーイが粗相《そそう》してコップを割った場合でも、我々は同じ言葉を同じ調子で言えるだろうか。もし同じように平然と言えない場合には、その言葉はどこかに嘘がある。

客観性を無視した人々は、しばしば政治や社会について歯切れのいい「反対運動」を展開する。新幹線、高速道路、原発、ダム、空港、老人ホーム、知恵遅れの子供たちの授産所、焼き場、感染症研究所、ゴミ廃棄所、汚水処理場、墓地、食肉処理場、刑務所。こうした施設を嫌い、その建設に絶対反対の運動をする人々は、こうした施設を差別したのである。それらは、学校、銀行、郵便局、警察署、議事堂、総理官邸、裁判所、卸売市場、などと同じ程度に大切なものであろうに。

全ての人が、自分にいささかでも不都合なことに対しては拒否するのが人権だということになっているからだが、もしそれがまかり通るとなれば、そうしたものは一体どこに建設したらいいのか。そういう矛盾を思うと、私は必ずエピクテトスが引いた次のような例を思い出すのである。

よその家の子供か妻が死んだ。その時、私たちは比較的冷静に言うことができる。

「運命だね」

しかし自分の妻や子が死んだ時には、とうていそうはいかない。自分の不幸は、誰にもわからない。世界が崩れたほどの重大なことだ、と思う。この感情の落差は人間としてよくあることではあっても、やはり人間の言葉と行動のまやかしを証明したものだ。

少しでも不便や不快を伴う施設を拒否するのは簡単だ。しかし拒否していて済むものではない。これが主観ではない。客観の視点である。

東京のゴミを東京湾に捨てる海中の巨大な升《ます》のような構造物を建設している最中に、見学に行ったことがある。その時、東京のゴミ捨て場は平成二十年くらいまでしかもちこたえられない、という計算だった。しかし先日、話を聞くと、東京都内で処理できるゴミの捨て場は、平成十七年くらいまでしか許容量がない状態になっているらしい。その後、誰も彼も自分の都合を考えてゴミ捨て場建設反対を唱えていたら、一体どういうことになるのだろう。ゴミはとうてい処理しきれなくなり、東京は近代都市どころか悪臭に塗《まみ》れ、感染症の蔓延《まんえん》する病気だらけの町になる。東京の機能が麻《ま》痺《ひ》して地方都市だけが繁栄することはまず考えられないから、日本の国力は一気に途上国並みに落ちるのである。

しかし人間とはとことん利己主義だ。そうなれば、都市のプランはある程度の強権によって作られる必要がある。いわゆる私たち個人の権利の、公平な制限と剥奪《はくだつ》を認めるほかはないのである。これが客観的な視点である。

世間はこういうことを言うだけで、言った人を吊るし上げる。もし私が吊るし上げられなくて済むなら、それはこのエッセイの読者が優しく知的で、度量があり、何より客観性に優れ、かつ一介《いっかい》の小説家の言辞など、大したことはないとたかをくくる平衡感覚を持っているからだ。そしてそれこそが国家と社会の宝なのである。

一人でても主張できるはっきりした自分の意見も持たず、ただ、組織、親しい仲間、親戚や隣人の意見などに引きずられて、鉢巻きを締め、たすきをかけ、こぶしを突き出して反対運動に参加する人々は、思想的夜盗《やとう》の群のようなものだ、と私は思う。反対する場合は、自分の利益を損なうなどという子供のような理由からだけではなく、公的にどうしてそれが悪いのか、そして、代替としてどのような案があるのか、用意して反対することだ。しかし代案がないなら、沈黙しているより仕方がない。個人的な問題とすれば、私にはその手の世界があまりに多い。原発をやめるのはいいが、その後の電力をどういう形で補給するのか見当もつかないから、私は何もせずに黙っているのである。

二〇〇〇年に亡くなられたカトリック作家の田中澄江《すみえ》さんは、私が大好きな先輩であったが、ある日、澄江さんが私に電話をかけてこられたことがあった。

「ねえ、二人で丸髷結《まるまげゆ》って、振《ふ》り袖《そで》着て、イギリス大使館にデモしない？」

というお誘いであった。

当時、北アイルランドの分離独立を求める人々がカトリックを背景に、英国国教会と対立して、あちこちで破壊的な活動を繰り返していた。愛と許しを本質にしているはずのカトリック教徒の澄江さんは、そうした事態に我慢がならなかったのである。

私はしかし、澄江さんのアイディアに恐れをなした。今の若い人たちにはそのおかしさの背景が分からないだろうが、丸髷は人妻の髪型、お振り袖は娘の衣装である。そのアンバランスを私たちが容認するとすれば、澄江さんと私はさらに図に乗って、日本髪に眼鏡を掛け、ほっぺたに丸く頰紅《ほおべに》を塗って、どたばた喜劇よろしく英国大使館の前に英語で「あなたたちは愛と許しを忘れたのか！　信仰はどうなった！」などと書いたプラカードを掲げて立つことになる。

大体私の精神自体が、愛とも許しとも遠く、信仰も祈りも常になおざりにしているのだから、プラカードの文字だけで私は自家中毒にかかるはずだ。さらにもう若くもない二人のおばさんの厚塗りの扮装《ふんそう》の醜悪さに、外国特派員も写真を撮ることを避けるだろうから、澄江さん発案の反戦デモはあまり効果がないことになる……と卑怯《ひきょう》な判断をして、私はその時、北アイルランドに平和を、という意図に同調しなかったのである。

今日、ここで私が書いたようなことは、ほんとうはただ一人の個性の創造どころか、群衆の一人にならないための、あまりにも平凡な方法である。ただ一人の個性を創るためには、少なくとも周囲の悪意、反論、無理解、排除などを恐れていてはできないのである。

第十七話　泥棒の村

今この原稿を書いている二〇〇三年四月下旬、イラク戦争は一応終焉《しゅうえん》して、民衆の生活のためのインフラの復興が着手されているところだ、と報道されている。

それまではバスラでもバグダッドでも、略奪があったという。その場にいた米軍が暴徒を取り締まらないので、住民の間に怨嗟《えんさ》の声も起き、やがてはそれが強力な反米感情になった、とも報じられている。

この一つの事象だけとってみても、私たちは実に多くのことを学ばねばならない。略奪する暴徒を取り締まったら、米軍は真っ向から憎しみの対象になることは確実だから、そんな危険は私が米軍の司令官でも部下に冒させることはできないだろうと思う。

古来、略奪は極めて普通のことであった。勝ったほうが褒美として略奪を許されるのである。ただイラクでは勝った米兵ではなく、反サダムだったのかもしれないが、イラク人が、お札だの、ソファだの、戸棚だの、嬉しそうに持ち出している姿が度々映し出された。サダム・フセインの肖像画だか写真だかは、ガラスの上から叩き壊している。彼らの心情からすれば、それが当然だろうと知りながら、突然私は自分の心根の賤《いや》しさを感じた。私ならサダム・フセインの肖像は、隠してとっておき、いつか骨董屋《こっとうや》に持って行って売ろうとするのではないか、と思ったのである。何という浅ましい発想だろう。

今の教科書では、人間は警察力や軍事力を失い、教育が行き届かなければ、誰でもが暴徒になり、略奪をする、と教えないのだろう。

一九九五年の阪神淡路大震災の時、私の息子一家は神戸に住んでいた。三畳の部屋に布団を敷いて寝ていた小学生の男の孫は、それまで書棚のすぐ下に頭を向けて寝ていたが、地震の一週間前から理由もなく気を変えて、反対向きに寝るようになった。これで、彼は重大な怪我を免れたのである。布団文化というものはすばらしいもので、枕一つ置き換えれば、どっち向きにも寝られるのである。地震の時、孫の足の上には書棚が倒れてきたが、幸いにも擦り傷を受けただけで大きな怪我にはならなかった。しかしその書棚がドアをじゃまして、お嫁さんは室内に入れなくなり、孫の声はしているのだが、心配のあまり彼女は逆上した。その時、彼女の夫、つまり私の息子がのんびりした声で、「おーい、ヴェランダの金魚を池に戻してやってよ」と言ったので、彼女の怒りは最高に達した。当然である。

「金魚どころじゃないでしょう。太一《たいち》が中に閉じ込められてるのよ！」

と彼女が言うと、息子は、

「太一は自分で出てくるよ。だけど、金魚は自分では元の池に戻れないからさ」

と言ったというので、それ以来、彼はかなり一家の評判を悪くしたのである。プラスチック製の池の水は地震の時、大きく揺れて、金魚は外へ弾《はじ》きとばされたというのだから、揺れの大きさを物語っている。

話が横道にそれてしまったが、私が書きたかったのは、後日談なのである。

まず例外的な、というか、普段でも起きる程度のこそ泥以外、神戸を中心とする被災地に略奪など起きなかった。つまり犯罪率が俄《にわか》に上がるということもなかったのである。息子一家は水が出ないのでやはり日常生活に疲れたらしく、数日後に一時、一家で東京に脱出してきたが、その間彼らの住むマンションでは、あちこちにこうした長期脱出組の留守宅が無人のまま放置されていた。それでも泥棒には入られなかったのである。震災後四十日目くらいに私が神戸の三宮《さんのみや》の繁華街に行った時には、町の商店主らしいお年寄りがヘルメットをかぶって自警団を組織していた。背中をぴんと伸ばし、町のお役に立てる任務があるのを喜んでいるふうに見えた。

日本がどうしてこれほどの災害の時にも、そうした騒乱が起きなかったかというと、まず被災者といえども生活が何とかなっていたからである。電気はいち早く、ガスも間もなく、復旧した。日本中から、水道、電気、ガス、屋根、道路などの復旧に必要な、ものと技術を持つ組織と人たちが集まってきた。神戸の町のあちこちに、北海道電力や沖縄電力などと書いた作業用の車輛が止まっているのを見て、私は感動したものである。

政府はきちんと給水車を出した。それでも飲み水や炊事に使う水くらいが補給されただけで、一番厄介な水洗トイレは機能しない不自由な生活だったのだが、息子一家などは、長い間ご近所の井戸の水を汲《く》ませてもらっていた。日本人はこういう心を義《ぎ》侠心《きょうしん》と言うが、自他共に困っている時に、人に水を与えなかったら「人間として恥だ」という生活感情が歴史的に受け継がれて、今でもれっきとしてあるような気がする。

人の心が破壊に向かわなかったのは、政府が食料も補給していたからである。翌日にはもうパンが配られていた。パンばかり食べさせて、と文句を言う被災者もいて、私はその人たちには腹を立てていた。一切の調理をしなくても済むパンを、一個一個清潔な包装をした形で配ることのできる組織力と経済力を持つ国家など、地球上めったにあるものではない。その現実を、被災者といえども理解しないというのは、無知の結果だと私は感じたのである。

被災地ではないが、飢饉で死者が出ているような土地も私は歩いたが、食料の不足は、燃料の供給不足と共にやってくるということをその時に知った。もし関西の被災者に生の米や豆が配られたら、彼らは何とかして調理用の燃料を手に入れなければならない。都会には切り倒して薪《まき》を作れるような木の生えている森も林もない。恐らく火事の燃え残りや、倒壊した家屋の建材を取ってきて、炊事をするだろうが、それは態《てい》のいい略奪である。こうした災害時に、ただの一分も調理せずに済ますことのできる食料を配るということは、並々ならぬ国力なのだ。いい年をした大人がこんなこともわからないのか、と私は腹を立て、それからそのような「非常事態」というものを教えない教育が悪いのかな、と思い直した。

その時、阪神地区では、町は倒壊しても、警察や自衛隊の組織は保たれており、フルにその機能を発揮していた。安定した社会は、教育された心情と、力で秩序を守る機能との、双方がなければならない。もしそれらがどちらかでも欠けたら、人は破壊と略奪に走る。日本人といえども、その例外ではないはずである。今の教科書はこういうことを教えているのだろうか。

教えるべきは人間性の普遍的真実である。その中には人間の偉大さと卑怯《ひきょう》さと、両方が入らなければならないのである。しかし近年、日本軍が悪いことをしたなどということばかり教えているから、悪事をするのは、日本やアメリカなどの豊かな資本主義国だけで、貧しい社会主義国家は、悪いことをしない、と思っている青年たちもいる始末である。

イラクの戦争の開戦当初、アメリカのピン・ポイント攻撃は一般市民を傷つけないはずだ、などというまことしやかな噂があって、私も奇妙な話だと思っていた。間違いないことは、私だったら、まだ米軍の攻撃が始まらないうちに隣国か、田舎に逃げ出していただろう、ということだ。

すべてのものには、手違いや誤差というものがある。精密なものにもそれが人間の作ったものである限り必ず誤差が出ることがあり、その結果は古い武器を使った原始的な時代とは比べものにならないほど大きくなる。そう思うことは、哲学の問題なのである。狙った官公庁や宮殿だけにしか弾《たま》が落ちない、と思うのは、無学のせいなのである。

付言すると、アメリカがめったやたらに撃ってきたという証言もある。アメリカ軍も自爆攻撃などを恐れているからだ。アメリカとイラクと双方の撃ち合いで傷ついたという民間人もいる。どちらの弾が当たったのか、素人にはなかなかわからない。

イラク側の正規軍も負けが込めば、一瞬のうちに制服を脱いで、市民や農民の姿になる。もともとの正規軍が、民間人の服装で闘えば、常識ではゲリラだ。イラクでは正規軍もゲリラも、区別がつきにくかったろう。

とにかく一口で戦争と言うが、戦争に定型はない。どちらも悲惨な結果に加担する。

どこもかしこも危険だったのでもないだろう。日本の新聞には載らなかったが、英字新聞には、まことに不思議な一枚の写真が載ったことがある。手前に戦車がいて、多分カメラはその後方の安全な空間から前方を写している。手前には舗装した道路が見えているところを見ると、戦車は路肩に駐車しているという感じで、兵が砲塔で機関銃を構えている。

道の向こう側には荒野が広がっていた。この写真の非現実的なところは、道の向こう側の荒野には、戦争の気配も見えないことなのである。数十頭の羊を連れた羊飼いの男は、放牧民らしい長衣を着て、頭にカフィーヤと呼ばれる頭巾《ずきん》を、おなじみの黒い縄のようなアガルと呼ばれる紐《ひも》で押さえている。彼の傍らには、子供たちと牧羊犬の姿も見える。犬も子供も、羊飼いとして生活のためには大人顔負けに活躍するのである。

道のこちら側と向こう側の空気が全く違う。こちらは戦争、向こうは日常生活なのだ。この放牧民たちは、アメリカ兵が自分たちの牧畜のテリトリーは撃たないことを知っているのだろう。そこには宮殿も工場も官公庁も地下防空壕《ぼうくうごう》も何一つないことが歴然としているからだ。だから彼らは道路の向こうで、戦争の間も羊を飼い続けたのだろう。

私たちは、人生がこういう具合にまだら模様になっていることを教育されるべきなのだ。

約三週間でバグダッドは陥落し、フセイン政権が実質的に崩壊すると、イラクの戦後経営はどうなるか、ということが問題となった。イギリスや、イラク侵攻に対して反対に廻ったフランスなども、戦後は国連主導で、という姿勢を取って見せている。しかしそれは国連を信用しているからではない。世論の風当たりや、アメリカ一国がイラクで戦後の石油利権を握るのを牽制《けんせい》する意味合いがある、という。アメリカではライス報道官という女性が、はしなくも本音をぽろりと口にした。彼女は、

「パイを食べられるのは、パイを焼くのを手伝った人だけだ」

と言ったのである。

日本では評論家までが、平気で「イラク国民」という言葉遣いで戦後を語り始めた。オリンピックやワールドカップや国連総会のような場では、確かにイラクは国旗

を掲げ、「イラク国民」を代表してその場に出るだろう。しかしイラクには日本のように簡単な統一的な国民はいないのだ。イラクにいるのは、無数の「どこかで血の繋がりのある部族」の集合体である。それが出自《しゅつじ》の違い、対立の歴史の違い、利権の違い、連携した国の違いなどで、ことごとく対立している。そして自分の部族の利益を言い張って決して譲らない。イラクの戦後が、うまく民主化などしないことは眼に見えている。

第一、彼らは民主主義がいいなどとは思っていない。今まで一度も民主主義的な暮らしなどしたことがないのだから、アメリカが民主主義を押しつけようとしたら、拒否するに決まっている。アメリカ人というのは、どこまで自己中心的で、人の心のわからない人々なのか。

イラクに住む人々が理解し、信頼しているのは、族長支配体系だけである。理由は簡単だ。歴史が始まって以来、彼らは族長支配でやってきたからなのだ。確かに時代によって、族長にはいい族長も残忍な族長もいた。しかし族長支配の体系の中で、彼らは守られてきたのだ。解放だの、民主だのと言われるのはありがた迷惑だ。なぜなら、強力な族長の支配の力を奪われれば、彼らはミノムシが、ミノから押し出されて裸になったような状態になるのを知っているからなのだ。

私たちは、他者から教育を受ける時も、自らを教育する時も、この地球上には、実に信じられないほど、多種多様な価値判断と複雑なものの見方があることを、自ら戒《いまし》めて自覚していなければならない。自分がいいと考える価値観に、自らを閉じ込め、皆もそう考えるだろうとすれば、必ずピントはずれとはた迷惑を引き起こす。


つい先日、私は中央アフリカのある国の一地方に、有名な泥棒の部族がいる、という話を聞いてほんとうに楽しかったのである。その村では、娘を嫁にもらいたいと言ってくる青年がいると、娘の父が彼に泥棒をさせる。どれだけ価値のあるものを盗んでこられるかで、その娘婿《むすめむこ》の候補者の才覚を推量するのである。

私たちは二〇〇三年の秋、その国を訪問する予定を立てていた。この話によって、私たちの訪問の意義は一段と深みを増し、できればその地方を訪問したいという希望も多くなったのである。しかし調べてみると、そこへ行くには首都から川船で三日遡《さかのぼ》らねばならない、というので、実現はできなかったのだが、この話を聞くと皆が行きたがった。現大統領も、実はその部族の出身なのだそうだが、さすがに経済省のようなお金を扱う部署には、自分の部族の者を任命していないという。

　公金を不正に使うことはしません、と言いながら裏金作りの工作をする日本の政治家と、盗みは男の才覚とする世界は、実はどちらも困るのだが、はっきり盗むと公言するほうが少なくとも陰険ではない。盗みを才能とする世界では、また盗まれないようにする才覚も高く評価されるだろう。日本人は、そのどちらも教育されていないのである。

　こういうことを言うと、「人を信じないのは寂しい。そういう人は気の毒ね」と憐《あわ》れまれる。しかし国民の税金から出したＯＤＡの金の行方を厳しく確認できなかったり、七十歳、八十歳まで生きながら「一年で倍に増やす」式の詐欺師《さぎし》の言葉に騙されて全財産を失うのも、やはり気の毒なのである。

　私たちは「人は皆善人」と教えられた幼稚で危険な教育を受けている。「人は皆悪人」と教えられてもやはり片寄った貧しい教育を受けている。「人はさまざま」という教育を受けた時だけ安心していられる、と私は思っている。

第十八話　眠り姫・親指姫・お化け姫

我が家は夫も妻も小説家だから、世間で見聞きしたことをやや無責任におもしろがる癖がある。

夫は最近の電車の中の女の子たちに、あだ名をつけた。「眠り姫・親指姫・お化け姫」というのである。

眠り姫は、電車に乗るや否や眠りこけている娘である。つい先日も私はおもしろい眠り姫を見た。顔を膝《ひざ》の上に載せたカバンの上に伏せているので、毛の長い犬がうずくまっているようにしか見えない。どこが顔か頭か、スカートと抱えたカバンがなければ、類推することもできないのである。

これほど深い眠りの姿というのは、男の子にはあまり見たことがないような気がする。しかし人のことは言えないもので、私も隣の人の肩にもたれかかりそうになるほど、乗物の中で眠りこけた記憶が何度もある。さぞかし隣人は迷惑しただろう。

私も三十歳くらいまでとにかく異常に眠たかったのである。八時間寝ても十時間寝てもまだ眠い。それが三十歳くらいの時、知人が当時何でも高級に思えた「アメリカ製」のビタミン剤なるものをくれた。眠くなるのはビタミンBの欠乏症のせいだ、というのがそれまでの日本素人の栄養の常識だった。ところがアメリカ製ビタミン剤には、ビタミンB_6だのB_{12}だのというものまで入っている。多分私は暗示にかかりやすい性格だったのだろう。それがきっかけで眠たがる癖はあっさりと取れた。

私はそれ以来、眠くなくなったのである。それからまもなく今度は不眠症になって、治ったのが三十代の終わり。爾来《じらい》、睡眠時間はずっと短くて済むようになった。大体七時間眠れば充分。六時間でもいい。四時間でも充分やっていける。

便利な体質になったのである。団体で外国旅行をするような時、夜遅くホテルに着き、朝早い出発などというスケジュールが組まれると皆辛いらしいが、私は四時間眠れさえすればすっきりした気分でいられる。

短い睡眠というものの特徴は、ほとんど夢を見ないことである。夢というものは、年に五、六度しか見ないような気がする。ただし眠りは短くても、ほんとうのことを言うと、私はけっこう早くから怠けているのである。夕食が終わったら、私はもう人中に出たくない。これはもう四十歳になるや否や始まった癖である。自分の部屋で本や新聞を読んだり、テレビを見たりしてだらしなく過ごす。夜七時を過ぎれば電話にも出ない。マスコミは総じて夜型なので、八時頃電話がかかってくるのは当然なのだが、私は、どうしてこんなに遅くまで働いている人がいるんだろう、と理解の無い反応を示す。すると友達から夕食後に電話がかかってきても、「うん、私、もう寝てる」などと言う。すると友達が「寝てないじゃない。今起きてるじゃない」と厳しく言うから、「うん、体はまだ起きてるけど、精神は寝てる」などといい加減な返答をしているが、半分は実感なのである。だから私は眠り姫に対しては、かなり同情的、同志的な親近感を持っている。

夫の分類によると、第二番目の親指姫が、昨今一番多い。電車に乗るや否やケータイを取り出して、何やらキイを押している娘たちである。

私の家は東京の東横線《とうよこせん》という私鉄の沿線にあるが、電車のドアからドアまで、七人か八人がけの座席に座っている人たちの四、五人が一斉に「親指姫してる」のを見ると、正直なところうんざりする。そしてはっきり言うと、私は若い時から、彼らほど時間を無駄にしては来なかったなあ、と思うのである。

三十代後半以後、居眠りをあまりしなくなってから、私は電車の中はもっぱら読書の時間だった。私はそこでどれだけいい本を読んだかわからない。

ケータイは通信手段としては画期的なものだが、使い方を誤ると亡国的な結果を生むだろう。そもそも若い時には、もっともっと時間を惜しまなければならないのである。もちろんぼんやりと心を休ませる時間も大切だ。しかし貴重な青春も長くはなく、人の生涯の有効に使える持ち時間も雑事に追われて長くはない。若い時には、まず寸暇《すんか》を惜しんで、自分を複雑な人間に教育する必要があるだろう。充分に読書をして専門的な知識を身につけ、できるだけ多くの人に出会って、現世にはどれだけ変わったものの見方があるかを体験しなければならない。

ケータイでメールのやりとりをすることが何か大変得がたいことのように言う人がこの頃増えた。それが友情の証《あかし》だとか、人間と触れ合う機会だとか言う。私はケータイもメールも使わないが、だからといって、親しい友人がないのでもなく、寂しい思いなどしたこともない。むしろメールでべたべたお互いの動静を知り合うなどというのは、慎みに欠けることだと思う。めりはりのある生活というものは、どんな親しい友人との間にも、お互いに知らない部分、一人になる時間を残していることだ。だからこそ、出会って語り合う限りある時間が大切になり、それをフルに活用しようと思うようになる。

ケータイでメールのやりとりをしたり、パソコンでチャットしたりすることは、多分はっきり言うと時間潰《つぶ》しなのである。多くの人が言っているように、電話というものは、お互いに同じ場を共有していない。友人と同じ場所にいて、そこで事件に遭えば、友人と私はお互いに相手のために何をするかがはっきりする。逃げ出すことも、庇《かば》うことも、相手を助け出すことも、夢中でするだろう。しかしケータイでメールし合っていても、決して同じ運命を共有していない。人生は少しも濃厚にはならないのである。

ニクマレグチを叩けば、電車の中でメールばかりしていて、少しも活字を読まないような男女にろくな未来はないであろう。単純な理由だ。読む人はそれだけ勉強しており、ケータイにしか興味がない人は、それだけ怠けているからである。平等という観念は、誰にでも同じ状態が与えられることではない。努力した人にはそれだけの報いをすることであり、怠けていた人はそれだけ報われないことが平等なのである。

お化け姫は、電車の中で化粧する女である。こういうしつけの悪い行動をする人は、昔は皆無だった。着替えや化粧をする現場は、他人には見えない場所でするのが普通の感覚であった。それはまともな美学とも関係がある。ほんとうはお化粧をしているのだが、実は素顔も同じくらいきれいだと思わせるのが美女の条件である。「馬子《まご》にも衣装」というのは、よれよれの普段着姿だとぱっとしない外見でも、晴れ着を着ればそれなりに美しく見えるということだから、化粧をすれば華やかに素顔よりずっと美人に見える人は多い。それでもなお人は装って美しいと思われるより、天性美人、美男に生まれついているほうがいいと思うから、化粧は大体見えないところでするのである。

しかし最近はその感覚が大分狂っているようだ。町中の女性たちの髪の色が、決して生まれたままのものでないことが当然になってきた。それにしても金髪は不安定だなあ、と思うことがある。金髪人種とは顔も体も骨格も違うのに、髪だけ染めてもアンバランスになるだけなのだ。

こうした流行が不安定なのは、自分を捨てて、他人になろうという根性が見え透くからである。だから、金髪に染めれば、まずまともな社会では決して出世しないだろう。出世も昇進もしなくてもいいのなら猿まねもすればいい。しかし人間の完成は、その人の個性の上になり立つのが原則だからだ。背の高さ、性格、得意な分野は人一人一人で違うから、その特徴を生かして人間は完成するのである。金髪は、自分を捨てるという姿勢を示すことだから、そういう人物にとうてい責任ある地位を与えることはできないと判断されても仕方がないだろう。そのような愚を世間にさらしながら、自分は運が悪くて世の中でのし上がれなかった、などと不平を言うものではないのである。

つまりこういうお化け姫は「恥知らず」なのだ。恥知らずは怖い存在だ。人間に恥の感覚がなければ、どんなことでも平気でやることができるからだ。実はたいていの人は電車の中で化粧する女の子の変身の経過を見るのは、むしろ好きで、おもしろいなあ、と思って見ている。車中や人前で化粧するな、と一言も教えられなかった親と学校が本来なら恥じなければならなかったのかもしれない。

今流行でもあるし、皆がしていることは、当然自分もしていいことだ、というのが多くの若者たちの論理だが、そんなことは全くない。

たまたま二〇〇三年六月十九日のアメリカの下院で、興味深い公聴会が行なわれた。

最近のアメリカでは、自分が太って健康を害したのは、そのような食物を売った会社の責任だ、という訴訟が乱発されているという。フライドチキンやハンバーガーやアイスクリームは長い間、アメリカの豊かな食文化の一つの象徴であった。

ハワイのホテルでは、実においしそうな「チョコレートのおかか」を載せたブラック・フォレスト・ケーキがあった。私は普段、あまり甘いものを食べないのだが、このケーキだけは、多分実によくできたものだろうという感じで、一瞬見とれていると、典型的なハワイの顔をしたボーイさんが「とてもおいしいから、食べてごらん」とにっこりして勧める。私は「でも何より一切れが大きすぎるのよ」とためらっていると、「僕が半分食べてあげるから」と言った。こういう会話は、形式ばった日本のホテルの従業員と客との間では決してみられないものなので、私は今でも覚えているのである。

「こってりしておいしいもの」の誘惑は、アメリカでは多いのだろう。ドーナッツでも、ホットケーキでも、私は何となく日本よりアメリカのほうがおいしいような気がしている。アイスクリームは日本なら小さな拳骨《げんこつ》一つ分の分量が普通だが、アメリカでは拳骨三個分が一つの器にのっかってくるから、なかなか注文する勇気が出ない。

そうして食物の誘惑と、そのものの持つ肥満要素のおかげで自分は太り健康を害した、と言って訴える人が最近増えたから、こうした公聴会が開かれたようである。

日本経済新聞の記事によると、「法案提出者のケーラー下院議員（共和党）は『無意味な訴訟乱発は阻止しなければならない』と熱弁をふるい、肥満問題は主に消費者側の過食に原因があると主張した。

これに対しジョージ・ワシントン大学のバンズハフ教授は『企業は成分の切り替えや栄養情報の開示などの努力を始めている』と訴訟の効用を強調した」という。

つまりタバコは有害だと箱に書けば、喫煙によって健康を害しても訴えられなくて済むという社会的通念を広めるために、訴えることは有効だというのである。その記事によると、アメリカ人の三人に二人が、肥満か太り気味だというから、ことは多分深刻なのだろうと思われる。

しかしどう考えてもバンズハフ教授の立場はおかしなものである。いくら売っていても、食べなければ太りはしないのだ。自分を経営するのは、自分一人である。しかも北朝鮮のような貧しい独裁国なら、太ろうにも食べ物はなく、またその自由もないだろう。しかし自由の国アメリカでは、なにごとにおいても個人の選択が許されている。しかもハンバーガーを少なく食べるほうが、たくさん食べるより金銭的に楽なことなのだ。だから、勝手に食べて太るのは、その人の責任にほかならない。

流行だから、とか、ごく普通に営業していた店で売っていたものだから、とか、友達皆がやっていることだから、とか、政府が許可を出した店で扱っている品物だから、とか、若者たちは自分がしてもいい理由を探すことがうまい。万引きだって皆がしているから当たり前だ、と答えた芸能人もいたのだ。しかし万引きが窃盗《せっとう》であることには間違いない。許可を出し制度を作った政府も、私たち同様万能ではない。すべての病気は、常に病気の存在が先であって、人間と人間が構成する政府の厚生労働省は泡くってその原因を追跡し、原因究明に奔走しているに過ぎない。

また国家が許しても、個人が自分に許せないことはたくさんあって当然だ。法律は最高の道徳だという見方もあるが、最低の徳に過ぎないとも言える。法にひっかからなくても、その人が人間としてすべきでないこともたくさんあるはずだ。

たとえば親に対する態度である。体が不自由になったり、痴呆《ちほう》の症状が出たりした親を引き取らねばならない、という法律はない。しかし人並みに暮らしている息子や娘が、もし自分の生活だけをエンジョイすることを考えて親を放置し、安い老人の施設に送りこんでろくろく見舞いにも行かないということになれば、それはやはり人間としてするべきことをしていない、失敗した人生を送っていることになる。犯罪ではないかもしれないが、その場合の法の持つ力は最低の徳でしかないということを示している。

人並みなことをしていては、人並みかそれ以下にしかならない。もちろんそれでよければ、努力などという野暮《やぼ》なこともしない自由も残されている。しかしその場合には運命に不平を言わないことだ。それだけの努力しかしなかったのだから、それだけの結果しかもらえなかったのだ。日本は公平な国なのである。

しかし人よりおもしろい人生を送りたければ、今を流行りの三姫にならないことだ。徹底して自分の時間と自分の運命の支配者になることだろう。その場合、幸運は比較的たやすくその人に微笑《ほほえ》みかける。私は今までたくさんの人たちの生涯を見てきた。戦後六十年近く続いた平和のおかげもあるが、少なくとも日本人はそれぞれの才能と努力に対して、実に公平に報われてきたという事実を見てきたと言える。

最終話　人生讃歌

私はまだ見たことがないのだが、骨をきれいに抜いて身だけにした魚が、給食に出るようになり、四一パーセントもの人が、将来もそういう魚肉を食べるだろう、食べたい、と答えている、という。もしそんな人生が実現したらめぐり合えなかった話から始めよう。

私は二〇〇三年八月の上旬に、何十年ぶりかの異常高温に喘《あえ》ぐイタリアから帰ってきた。障害者と高齢者と行く外国旅行が、今年で二十回目になったのである。もっとも私は暑さに強いし、障害を持つ人というのは、たいてい精神的にも人並み以上に強《きよう》靭《じん》で、暑さ負けをした人などいなかった。恥ずかしいことに、私自身は冷房で喉《のど》を悪くした。

最後の町はヴェネツィア（ベニス）で、自由時間があったので、私はイタリアに住む友人たちと、団体とは別の昼食をしに行った。一応格のあるレストランなのだが、通されたのは冷房もない中庭式のテントとブドウ棚の葉陰だった。

私はタコの料理を頼んだ。今回のイタリアの旅で、私はイイダコの味にすっかり夢中になった。香ばしい焼き目をつけて小さく切り、レタスの葉の上に載せて、塩、レモン、上等のオリーヴ油をかけるだけである。

ミラノに住む私の友人が注文した平目《ひらめ》料理は、鼻の先から尻尾《しっぽ》の先端までが五十センチはありそうな大きいものが丸々一匹、巨大なお皿に載せられて出てきた。

「あら、お箸《はし》があったらよかったのに」

と私は思わず言った。

しかしその魚はそのまま注文した人の前に出されるのではなかった。脇《わき》のテーブルで、ボーイさんが骨を取ってから、出すのである。そういう習慣を知っている私の友人は、イタリア語も達者だから「骨、取らなくていいわよ。私が自分でやるから」と言ったらしい。「だってあの人に任せたら、一番おいしいエンガワのところは取ってくれないのよ。私、あれを狙ってるんですもの」。

そうだ、そうだ、と私も思った。もし魚を食べつけないのでご存じない方があるといけないので余計な解説をすると、エンガワというのは細い背びれについた肉の部分である。よく動くところだから、身に締まりもあるし、味もいい。私は北陸の港町に生まれた母にしつけられたので、魚のいきのよさも、おいしい場所もよく知っているのである。

エンガワのところだけでなく、後頭部や眼の廻りまで食べるのだから、日本人の食べ方は名人芸に見えただろう。巨大な平目は他の四人がちょいちょいと手を出して味見をさせてもらえるほどの量もあった。ボーイさんは我々のみごとな手さばきを楽しそうに見ている。

ボーイさんがお皿を取りにきた時、友人は「とてもおいしかったわ」と言い、「ことにヒレの部分と頭のところがおいしかったのよ」と言ったのだと言う。日本人の給仕人ならそこで、「そうでございましたか。それはよろしゅうございました」と言うところだろうが、このボーイさんは違った。

「僕たちが後で料理して食べようと思ってた頭の肉がなくなっちゃったよ」

と彼は言ったらしいのである。

「まあ、呆《あき》れた」

と友だちは笑っている。ボーイさんも冗談を言っていることを知っているのだ。ヴェネツィアは海に面した町だから、魚のおいしさを知っている人も多いのかもしれない。

しかし私がいつもイタリアに来て思うのは、ホテルやレストランの従業員たちが、無表情で追い詰められたような顔をしていなくて、それぞれが個性を持った給仕の方法や接客の態度を許されていることだった。そのレストランでも、三人いた給仕人たちのうち、一番若い人は、耳にバンソウコウを貼《は》って、顔が真っ赤になるくらい重い皿を運んでいた。多分一番新米なのだから、一番辛い仕事をさせられているのだ。

夫は私に日本語で、「耳は、多分ベッドの中で女に齧《かじ》られたんだ」と言って笑った。小説家というものはこういう場合、いつも不正確な妄想を楽しむのである。するとイタリアに住む友人は「違うと思うわ。自分でピアスの穴を耳に開けようとして、膿《う》んだのよ」と言う。確かにそのほうが現実性がある。とにかく私たちは、景色と人と食べ物の三つを、すべて楽しんだ。悪口を言っているようだが、これは一種の人間讃歌なのであって、こういうことができることが、「年の功」であり、もしかすると教養であり、何よりも神に向かっては「あなたのお創りになったこの世は、罪深くもありますが、何と複雑で楽しいものなのでしょう」と言える心境なのである。

一番年上の給仕頭のような初老のおじさんは、やはり風格がある態度である。昔からの顔馴染《なじ》みのお客が現れれば、それ相応の自然な会話をこなすのだろうし、お料理についてもおそらく的確な勧め方もできるのだろう。

しかしこうした会話を、日本できちんと名の通ったレストランや料理屋で給仕人たちに許しているだろうか。「その後、お元気でいらっしゃいましたか」くらいのことなら個人的に言うことは許されても、経営者でもないボーイが、「私共が後でいただくつもりでおりましたかしらの部分は、奥さまが召しあがってしまったので、なくなってしまいました」とは、いくら冗談でも言えないだろう。一流レストランが客の食べ残しを当てにしているなどという体裁の悪いことを、客に印象づけたとしてクビになりかねない。

ほかにも、お皿を運ぶ間中、歌を歌っているボーイさんもいた。特に歌がうまいから、イタリア民謡をサービスで聞かせてやろう、というのでもない。とにかく歌が歌いたいから歌っているのだ。そして彼の雇用契約の中には、皿を運びながら歌を口ずさんではいけないという条項がないから、歌を歌って何が悪い、ということなのかもしれない。

この「頭を食べ損なったボーイさん」は口も悪かった。夫が、「最高級の金持ちだけが持てるクレジット・カード」（自分でそう言うだけだから、客観的保証は全くない）を渡してお勘定を払おうとすると、この男はにやりと笑って、

「おや、新しいテレホン・カードだ！」

と呟《つぶや》いてみせたのである。

「まあ、失礼しちゃうわね」

イタリアに住む友人は笑い、イタリア語ですぐ言い返した内容は私にはわからないけれど、多分「それなら、テレホン・カードで払えるくらい安くしてくれたのね」という感じの「売り言葉に買い言葉」を楽しんだような気がする。これだって日本で名の通ったレストランでは、決して許されない粋《いき》な会話だ。

私は夫と、どうしてイタリアではこういうおもしろい会話が町に溢れているのだろ

う、と話し合ったことがある。

一つにはイタリアには、古代ローマ時代から数えること二千二百年間も第三次産業が続いてきたということだ。その間何度も異民族に侵入され、異民族を吸収もした。つまりその間によく言えば大人になり、悪く言えばすれっからしになったのである。

第三次産業というのは、端的に言うと、物を作らずに人間を相手にする職業のことである。これをサービス業と言う場合もあるが、いわゆる日本で言うサービス業と少し違う。例をあげれば、軍人も神官も絵描きも、つまりサービス業なのだ。軍人は戦うという形で、神官は神と人との間を取り持つという形で、絵描きは「イミタツィオ・ヴィタエ（人生の模倣）」という形で、それぞれが深く人間に係わるのである。

この第三次産業が成り立つには、食料と道具の蓄積がある程度ないと、実現しない。正確に言うと、それらを奪われる可能性はいつでもあるが、だからこそますます精密な技術も組織も完成されるのである。

たとえば、今、大統領が亡命して、極度の混乱と食料や水の不足に陥っているリベリアでは、まず食料の蓄積もインフラの整備もないから、こうした第三次産業はほとんどと言っていいほど存在しないだろう。人々が生きて行くということは、こうした貧しい国では、農業、漁業、鉱山などの採掘業などで占められる。人間を観《み》る余裕も、会話を楽しむひまもあるわけがないのである。しいて言えば、泥棒やかっぱらいも第三次産業だが、犯罪はすべて第三次産業だから、これは一つに括《くく》って特別枠で考えるほかはない。

こうした第三次産業に属して働く人たちが持つ人間観は、学校教育が基礎にはなってはいるが、決してそれだけではない。学校も教師も親も教えられなかった人生が付加されている。あるいはよくできた親や教師たちが「読み書きそろばん」のような技術面での学校教育以外の分野で教えた世界が、生徒の個性とみごとに融合したのである。こんなことは、別に秀才でなくても、才気がなくても、できることなのだ。ただ、人生に塗《まみ》れて生き、人並みな苦労と幸福を味わい、その中で平凡なしかし生気に満ちた知恵を得て、自殺などという卑怯《ひきょう》なことだけはしようと思わずに生きていれば、自然と「達者」になるのである。

私が人生を知ったのは、本と人の話を聞くことを通してだった。教養などというものとは少し違う。どことなく人生からはみ出た部分が、私を刺激し、学校秀才ではない私を育てたのである。

今朝私は少し眠い。イタリアから帰ってまだ時差が完全にぬけていないので、寝そびれたという理由があるのだが、実は深夜の衛星放送で、実におもしろい映画を途中から見て眠れなくなってしまったのである。

主演は若い頃のマストロヤンニであった。題名は終わってからわかったのだが『最後の晩餐《ばんさん》』というのである。

常識的に言うと、実に愚かな男たちの話である。航空会社のパイロットであるマストロヤンニと他に三人の男たちが、その中の一人が所有している古い廃屋《はいおく》で、三人の娼婦と共にたてこもり、毎日毎日おいしい料理を食べたいだけ食べ、性的放埒《ほうらつ》にふける話である。

おもしろくて寝そびれた、と言うには少し嘘があるのは、私は途中で少し眠ったらしい。三人のはずの娼婦たちが、一番太った一人の女を残して、二人は逃げてしまったらしく、いなくなっていた。男たちと一人の太った娼婦はとにかく山のように買い込んだ食材を使って、毎日毎日死を覚悟で食べ続け破廉恥《はれんち》な性行為にふける。太った娼婦は、金のために何でもする女、というより、この短い人生を何のために生きるかという答えを出しきれずに死に急ぐ男たちの最大の理解者となっていく。そのうちには、人生の悲しみを知る者として次第に聖性さえ帯びるようになるのである。そして男たちは一人また一人と、あらん限りの力を出して食べ続けて死んでいく。マルキ・ド・サドの『ソドムの百二十日』よりははるかに現実性のある話である。

私は最近、日本のドラマを見られなくなっている。もちろんどこかに必ず傑作もあるのだろうが、めぐり合う多くのドラマの会話は幼くて、定型的で、空虚で、しかも演技だけが大仰で見ていられなくなったのである。善と悪がないまぜになっていてこそ人生なのだが、日本の社会では悪は描く前にまず裁かれるべきものとなっているか、悪そのものが定型化していて幼稚だから、作り物臭さが目立ってどうも見ていられないのである。

この反社会的な四人の男たちの最期《さいご》は、間接的自殺かもしれない。しかし誰も道徳でそれを裁いてはいない。そこにはただ、人間性とは何なのか、という問い掛けだけがある。四人もの人が死んでも、死体はどう始末したのかわからない。誰か外部の人が異変を嗅《か》ぎつけて、刑事が踏み込んでくる場面で映画は終わるのか、と思っていたが、そうした裁きの気配は一切なく、四人が予《あらかじ》め運びこむように手配していた肉屋が持ってきた上等の大量の肉を、生き残った娼婦が庭にばらまくように命じて犬たちに与えるところで話は終わりだ。

　それでもこの映画は、大人のものだった。作り物の話でありながら、眠れないほど多くの問題を私に与え続けた。人生は、努力して出世し、養生して長く生きなければならないほどのものなのだろうか。そういう常識的な人物は、この一瞬一瞬を自分のしたいことに忠実に仕えているのだろうか。いやしかし自分のしたいことに仕えているだけでは、人は他人の分の食料やエネルギーまで消費して何も生産しないことになる。第一食欲そのものを「おいしい」と思って満たす第一の条件は皮肉なことに空腹であり、量が多過ぎないことだ。大皿いっぱいの肉を食べろと言われたら、拷問《ごうもん》になってくる。

　よくも悪くもない人生、ではない。人生はよくも悪くもある、のである。それを味わう方法が学問であり、それに至る道が教育であろう。その道を天文学や物理学でみつけた人もいるし、電気的な新しい機器の開発で探った人もいる。ひたすら家族という小さな単位の持つ要素を守りながら、途方もなく大きな人生の哲学に通じることを知った人もいる。舞踊も音楽も絵画も人生を切り取り、夾雑物《きょうざつぶつ》を取り除き、凝縮して見せようとする。対峙《たいじ》し、透明な眼で捉えようとして格闘する対象はやはり人生なのだ。

料理も一つの人生讃歌の方法だ。神が創り人間が広めた野菜や肉という物質を使って、精神の活動をする人間の肉体を作る。私は世間の人が「嘘話を書く仕事だろう」と思っている小説家という職業に就いた。しかし小説は思いつきや妄想で書くのではない。そういう書き方をしていたらすぐにネタは尽きる。小説はおこがましくも、人生を捉えようとするのだ。もちろん分を知っているから、小さな範囲で捉えた人生を描く。だから「大説」とは言わず「小説」なのである。

本を読まず、おかしな記号つきの短文で通信を楽しむケータイで人と付き合ったと思い、テレビゲームの架空世界で冒険をしたような気になる日本人は、どんどん精神の衰弱で病的になり、今にそのか弱い精神の故に死ぬだろう。彼らは人生の中に歩みだし、それと格闘する実感も知らず、自分を鍛えることもしなかったからだ。

貧困も病気も動乱も、決して個人を育てるうえでマイナスになるとばかりは限らないし、平和、豊かさ、いい環境が必ずしも個人にとって願わしいものともなりえない。そういう意味で、私は日本に絶望もしないし、手放しの希望も持たない。個性は自分で創るのだ。どこででも、いかなる環境ででも、その気さえあれば、ということだ。

初出：『ＰＨＰ増刊号』二〇〇〇年十二月号〜二〇〇三年十月号

〈著者略歴〉

曽野綾子（その　あやこ）

1931年、東京生まれ。聖心女子大学英文科卒業。53年、作家の三浦朱門氏と結婚し、翌年「遠来の客たち」が芥川賞候補となり文壇デビュー。以来、人間の罪と欲望、信仰、家族、老い、教育など幅広い分野で小説やエッセイを発表。その一方で、各種審議会委員や「日本財団」会長として精力的な社会活動を展開している。79年、ローマ法王庁よりヴァチカン有功十字勲章受章。その他数々の賞を受ける。著書に『アラブの格言』（新潮新書）、『狂王ヘロデ』（集英社）、『神の汚れた手』『誰のために愛するか』（以上、文春文庫）、『現代に生きる聖書』（日本放送出版協会）、『「いい人」をやめると楽になる』（祥伝社）、『なぜ人は恐ろしいことをするのか』『安逸と危険の魅力』（以上、講談社）、『魂の自由人』（光文社）、『夫婦、この不思議な関係』（ＰＨＰ文庫）、『緑の指』（ＰＨＰエル新書）など多数。

ただ一人の個性を創るために

2004年３月５日　第１版第１刷発行

著　者　曽　野　綾　子
発行者　江　口　克　彦
発行所　ＰＨＰ研究所

東京本部　〒102-8331　千代田区三番町３番地10
文芸出版部　☎03-3239-6256
普及一部　☎03-3239-6233
京都本部　〒601-8411　京都市南区西九条北ノ内町11

PHP INTERFACE　http://www.php.co.jp/

制作協力
組　版　ＰＨＰエディターズ・グループ
印刷所　図書印刷株式会社
製本所　株式会社大進堂

ISBN4-569-63466-4